imaginist

想象另一种可能

末世之城

Paul Auster
IN THE
COUNTRY
of
LAST THINGS

[美] 保罗·奥斯特 著 李鹏程 译

九州出版社

献给希莉·哈斯特维特

不久以前,我穿过梦境之门,造访了地球上的一个地方,那里坐落着著名的毁灭之城。

——纳撒尼尔·霍桑

最后就剩这些了,她写道。东西一个接一个地消失,再也没回来。我可以告诉你我见过的那些,那些已经消失的东西,但时间恐怕不够用。现在这一切都发生得太快,我完全跟不上。

我不指望你能明白。毕竟你没有见过这里的一切,就算再努力,你也想象不出来。最后就剩这些了。房子前一天还在这里,第二天就没了。你昨天还走过的街,今天就没了。就连天气也老是变化不定。前一天还是大晴天,第二天就下雨了,前一天还在下雪,第二天就起雾了,一会儿暖和,一会儿凉快,一会儿刮风,一会儿又不刮,前一段时间还寒风刺骨，可今天下午，在隆冬时节，却突然阳光明媚，暖和得穿件毛衣就够了。生活在这座城市，你就会明白，没有什么是理所当然的。闭一会儿眼睛，转过身看看别的，刚刚还在你面前的东西就突然不见了。没什么能留住，你懂吧，连脑子里的想法也一样。而且，你千万别浪费时间去找它们。一件东西要是消失了，就是永远消失了。

现在我就是这么过的，她在信中继续写道。我吃得不多。只要有力气迈步就行，绝不多吃。有时候，我特别虚弱，觉得一步都迈不动了。但我撑了下来。虽然时有不济，但我还继续活着。你真该看看我撑得有多好。

这城里到处都是街道，没有哪两条是一样的。我把一只脚迈到另一只前面，再把另一只迈到前一只前面，然后祈祷我还能再做一次。仅此而已。你必须要明白我现在是什么样。我不停地走。能呼吸到什么空气，我就呼吸什么。能少吃，我就少吃。不管别人说什么，唯一重要的是不要停下脚步。

你还记得我走之前你跟我说的话吧。威廉失踪了，你说，无论我怎么努力，都找不到他了。这是你的原话。然后我告诉你，我不在乎你说什么，我会找到我哥哥的。然后我上了那条可怕的船,离开了你。那是多久之前的事了?我都记不清了。很多很多年前吧,我想。但也只是猜测。实不相瞒,我已经完全不清楚现在是何年何月了,而且恐怕也没办法搞清楚了。

但有一点确凿无疑。要不是因为饥饿,我早就撑不下去了。你必须习惯用最少的食物来对付。想要的越少,你就越容易满足,需要的越少,你就会过得越好。这个城市会把你变成这个样子,彻底改变你的思想,它让你想活下去,但同时又试图夺走你的生命。你无法逃过这一切。你要么想,要么不想。如果想,你也无法确定下一次还会想。如果不想,你就再也不会想了。

我不知道为什么要现在写信给你。实话讲,到这里以后,我就没怎么想过你了。但突然,过了这么久以后,我觉得有话要讲,而且如果不赶紧写下来,我的脑袋就会爆炸。你读不读不重要。甚至连我寄不寄都不重要——前提是能寄出去的话。或许原因就在于此。我写信给你,是因为你什么都不知道。因为你离我很远,什么都不知道。

有些特别瘦的人,她写道,不时会被风刮跑。这城里的风特别猛,总是从河上长驱直入,在你耳边呼呼作响,总是把你吹得前仰后合，总是把纸片和垃圾吹得到处飞扬，挡住你的去路。看到骨瘦如柴的人们三三两两一起走，不算什么稀罕事。有时候甚至是全家出动，用绳子和链子绑在一起，互相充当压舱物来抵御狂风。其他人则干脆不到外面去，就扒着门口或者躲在角落里，到后来，好天气反而让他们觉得是一种威胁了。最好还是安静地躲在角落里吧，他们想，总比被吹得撞到石头上要强。而且，你还可能越来越擅长断食，以至于最后甚至能彻底绝食。

那些还在和饥饿作战的人的情况更糟。老是惦记食物，只能引来麻烦。这些人就像着了魔一样，拒绝接受现实。他们一天到晚都在街上游荡，搜刮着一星半点的食物，甘为一块很小的面包屑铤而走险。无论他们能找到多少，永远都不会够。他们吃啊吃，却永远填不饱肚子，像野兽一样扑到食物上，瘦削的手指挑来拣去，颤抖的下巴永远合不上。大部分食物都会顺着下巴滴洒下来，设法吃下去的那些，通常也会在几分钟内返上来。这就像一场慢性的死亡，食物就像是一团火，一种疯狂，从里面把他们烧着了。他们以为自己吃了东西就能活命，但最后，被吃掉的其实是他们自己。

事实证明，食物是一桩复杂的事，除非学会逆来顺受，否则永远无法获得内心的平静。食物短缺是常有之事，前一天还让你大快朵颐的食物，可能第二天就再也没有了。市立市场可能是最安全、最可靠的采购场所，但是价格高，选择也少。今天可能只有小萝卜，明天可能只有不新鲜的巧克力蛋糕。这么频繁又突然地改变饮食，对肠胃压力很大。但市立市场好的一点是，那里有警察值守，至少你知道在那里买的东西能落到自己的肚子里，而不是别人的。在大街上偷食物早已稀松平常，都不再被认为是种犯罪了。除此之外，市立市场也是唯一合法的食物分配形式。全城还有很多黑市小贩，但他们的货物随时都有可能被没收。就连那些有能力付给警察必要的贿赂以继续做生意的人，也仍然要经常面对被窃贼攻击的危险。黑市的顾客同样饱受窃贼的困扰，统计数字显示，每两场买卖就有一场会遭遇抢劫。但我觉得，光是为了感受橙子带来的那种转瞬即逝的快乐，或者尝尝熟火腿的味道，实在不值得冒这么大的险。但人们是永不餍足的：饥饿是一道日日降临的诅咒，胃是一个深不见底的坑、一个和世界一样大的洞。因此，尽管障碍重重，但黑市的生意还是很好，从一个地方打包奔赴下一个地方，总是在转移，在某地卖上一两个小时，便消失得无影无踪了。不过，有一点要提醒你。如果你非要从黑市买食物的话，那一定要远离黑心商贩，因为欺诈行为十分猖獗，很多人为了赚钱什么东西都敢卖：往鸡蛋和橙子里装锯末，往瓶子里装尿冒充啤酒。是啊，没有什么事是人们做不出来的，越早明白这一点，对你来说就越有利。

上街的时候，她继续道，你必须要记住，一次只能迈一步，不然就会摔倒。眼睛要始终睁着，朝上看，朝下看，往前看，往后看，留心其他人的身体，警惕无妄之灾。撞到别人可能会让你送命。两个人撞上后，会挥起拳头，大打出手。不然就是直接摔到地上，不再试图站起来。迟早，你也会遇到这种再也不想站起来的时刻。身体会疼，你懂吧，可又没有什么办法治。而且，这里的疼要比其他任何地方都厉害。

碎石瓦砾尤其成问题。你必须学会躲开看不见的沟、突然冒出来的石头堆、浅浅的车辙，以免跌倒受伤。还有万恶的过路费，你必须耍点心机，才能躲过它们。任何建筑物倒塌或垃圾成堆的地方，都有大土堆堵在街中央，挡住了一切去路。只要身边有物料，人们就会修筑这类路障，然后爬到顶上，拿着木棍、步枪或者砖头，蹲在上面等着路过的行人。他们掌握着过路权。要想通过，你就得交出那些守卫要求的任何东西。有时是钱财；有时是食物；有时是性爱。殴打已是见怪不怪，时不时地，你还会听说有人被杀害。

新收费站立起来，旧收费站消失了。你永远都无法确定该走哪条街，又该躲开哪条。一点点地，这座城市会剥夺你的确定感。永远不可能有任何固定的道路，只有什么都不需要时，你才能活下去。在毫无警告的情况下，你必须有随机应变的能力，能抛下手头的事，倒转方向。到最后，没有什么不是这样。因此，你必须学会识别蛛丝马迹。眼睛不行了，鼻子有时也能派上用场。我的嗅觉已经变得异常灵敏。虽然会有副作用——突然犯恶心、天旋地转、随着侵入身体的恶臭而来的恐惧——但在拐弯的时候，它确实保护着我，而拐角可能是最危险的。因为收费站都有一种特殊的臭味，你慢慢就能闻出来，即使隔着很远。土堆由石头、水泥和木头混合而成，还夹杂着垃圾和灰泥块，垃圾被太阳一晒，发出了一种比任何地方都刺鼻的臭味，而灰泥被雨一浇，则会冒泡、溶解，也散发出独特的气味。两者混合在一起，再赶上一阵干、一阵潮的，收费站的味道便会弥漫开来。关键在于不要习惯成自然。因为习惯是致命的。就算是第一百次遇到,你也要把每件事当成从来没见过一样去面对。无论经历了多少次,永远都要像第一次。这几乎是不可能的,我意识到,但这是一条绝对的铁律。

你原本以为这一切迟早会结束。东西会崩解、消失,再没有新的造出来。人们死去,婴儿拒绝出生。到这以后的这些年里,我都不记得见到过哪怕一个新生儿。可是,总会有新的人取代那些消失的人。他们从乡下和偏远的城镇蜂拥而至,有的拖着身家细软堆得高高的推车,有的则开着破汽车,晃里晃荡地到来,而且全都饥肠辘辘、无家可归。在学会在这座城市里生存之前,新来者很容易沦为受害者。很多人第一天还没过完,钱就被骗光了。有些人为子虚乌有的公寓付了钱,有些人被忽悠着为从未实现的工作交了介绍费,还有一些人把积蓄花在了实际上是涂色硬纸板的食物上。这些还只是最普通的伎俩。我认识一个人,他赚钱的手段是站在破旧的市政厅前面,向每个瞅了一眼钟楼的新来者收费。如果发生纠纷,他的助手会扮成新来者,假装走一遍看时钟和付他钱的流程,这样新来的人就会以为这是惯例。让人吃惊的并不是他们的狂妄,而是他们竟然能如此轻易地让人掏钱。

对于那些有地方可住的人来说，失去住所的危险时时存在。大多数建筑都不归任何人所有，因此，你也不享受租户的权利：没有租约，万一遇上对你不利的事，也没有法条给你撑腰。人们被从公寓里逐出来，赶到大街上，也屡见不鲜。一群人端着步枪、拎着棍棒闯进来，让你滚出去，除非你觉得自己能打得过他们，否则你有什么选择？这种行为被称为"拆迁"，这城里的人，没几个不曾因此流落街头。但就算你够走运，躲过了这种驱逐，那你也不知道什么时候会成为幽灵房东的牺牲品。这些人到处敲诈勒索，恐吓城里的几乎每一片社区，逼着人们交保护费才能继续住在他们的公寓里。他们宣称自己是楼房的所有者，欺诈住户，而且几乎从未遭遇反抗。

然而，对于那些没有家的人来说，情况就更无可转圜了。根本没有空房这一说。但是，房产中介还是有生意可做。他们每天都会在报纸上登假广告，宣称有房可租，为的就是把人们骗到办公室来，向他们收中介费。这种把戏谁都骗不了，可还是有很多人愿意倾囊而出，购买这种空头承诺。他们一大早就来到办公室外，耐心地排起长队，有时候一等就是几个小时，只为跟中介坐上十分钟，看看照片里道路两旁绿树成荫的住宅楼，看看舒服安逸的房间，看看铺着地毯、摆着软皮沙发的公寓——这些平静安详的画面,仿佛让人闻到了从厨房里袅袅飘来的咖啡香味,看到了热腾腾的洗澡水冒出的蒸汽和窗台上暖暖和和的鲜艳盆栽。似乎没有谁在乎这些照片全是十多年前拍摄的。

我们很多人又变得跟小孩一样。你要明白,我们不是有意为之,也没有谁真的意识到这一点。而是当希望消失后,当你发现自己甚至对希望都不再抱有希望时,你就会很容易用白日梦、用孩童一般的小念想和小故事来填补空虚,撑着自己活下去。就连那些最坚毅的人也很难禁得住这种诱惑。他们会不慌不忙、毫无征兆地放下正在做的事,坐下来聊他们心中郁积的渴望。食物,当然是大家最喜欢的话题之一。你经常能听到一群人事无巨细地描述一顿饭,从汤和开胃菜开始,最后慢慢说到甜点,细品每种味道和香料,历数各种香气和口味。时而讲起烹饪过程,时而又谈起对食物本身的印象,从舌头品尝到的第一缕味道,一直讲到食物慢慢顺着喉咙咽到肚子里时那种散遍全身的安宁感。这类对话动辄持续几个小时,而且拥有一套极其严格的规程。比如,你绝对不能笑,绝对不能允许自己被饥饿感控制。不能冲动,不能突然叹气。那会引来眼泪,没有什么能比眼泪更快地破坏掉食物座谈的兴致了。为了达到最佳效果，你必须沉浸到其他人的话里。如果你被那些话吞噬，那就可以忘记眼下的饥肠辘辘，进入人们所谓的"续命光环场"。有人甚至说，谈吃本身就有营养——只要有适量的专注与共同的渴望去相信参与者所说的话。

所有这些都属于鬼语。在这种语言中，还有很多其他可能的对话形式。大部分都以一个人对另一个人说"我希望"开始。他们希望的可能是任何东西，只要它无法实现。我希望太阳永不落。我希望口袋长出钱。我希望城市能变回从前的样子。你懂的。全是些荒唐、幼稚的事情，毫无意义，脱离现实。总而言之，人们坚信不管昨天多么糟糕，也比今天要好。而前天比昨天还要好。你越往前回溯，世界就会变得越美好，越令人渴望。你每天都要强迫自己醒来，去面对通常会比前一天更糟糕的事情，但通过谈论睡前的世界，你可以骗自己说，今天只不过是种幻觉，并不比你脑海中对其他日子的记忆更真实或更不真实。我理解人们为什么要玩这个游戏，但我自己对此毫无兴趣。我拒绝讲鬼语，听到别人讲时，我会走开，或者用手把耳朵捂上。是的，对我来说一切都变了。你还记得我以前是个多么淘气的小姑娘吧。你永远都听不够我讲的故事，那些我编造出来、供我们嬉闹其间的世界。无回堡、悲伤地、忘言林。你还记得它们吗？我那时特别喜欢跟你撒谎，连哄带骗地让你相信我讲的故事，带着你穿梭于一个又一个稀奇古怪的场景，看着你的脸变得严肃起来。然后我会告诉你，这都是编的，你就会开始哭。我想我很喜欢你的眼泪，就像喜欢你的笑容一样。是啊，那时候的我可能是有些顽劣，哪怕是穿着妈妈总喜欢给我穿的小连衣裙、破皮的膝盖上结着痂、幼嫩的阴部还没长毛的时候。但是你爱我，对吧？你爱我爱到发疯。

现在的我，理智审慎、三思而行。我不想变成别人那样。我目睹了幻想把他们变成了什么样子，我绝不会允许那种事发生在自己身上。鬼语人总是在睡梦中死去。有那么一两个月，他们会挂着诡异的微笑走来走去，周身散发着一种古怪的超然之光，仿佛他们已经开始消失了。这些迹象都是显而易见的预兆：脸颊微微泛红，双眼突然变得比平时大了一点，脚步僵硬，下体散发着恶臭。不过，那种死亡或许是快乐的。我姑且承认这点。有时，我几乎有些嫉妒他们。但最终，我还是没法放任自己。我决不允许。我会尽可能地坚持下去，即使这会害死我。

还有一些人死得更壮烈。比如所谓的"奔跑者"，他们会以最快的速度在大街上飞奔,狂舞双臂,狠击空气,声嘶力竭地吼叫。大多数时候,他们都是成群结队地跑:六个、十个、甚至二十个人一起在街上狂奔,遇到什么都不会停下来,就那么跑啊跑,直到力竭而亡。关键在于要死得尽可能快,紧逼自己直到心脏无法承受。奔跑者们说,谁都没有勇气独自做这件事。但一起跑的话,每个成员都会被其他人感染,被吼叫激励,被激发出一种狂热的、自我惩罚式的耐力。这就是讽刺之处。因为要想把自己跑死,你得先把自己训练成一个擅长跑步的人。不然,你根本没有体力把自己逼到极限。不过,奔跑者为了求死都做了艰苦的准备,就算在送死的途中摔倒了,他们也很清楚如何立即爬起来继续跑。我猜这是某种宗教。全城有好几家办事处——九个普查区各有一家——要想加入,你必须要参加一系列艰难的入会测试:水下憋气、禁食、把手放在烛火上、七天不和人说话。一旦被接纳,你就必须遵守该组织的规则。这包括六到十二个月的集体生活、严格的训练安排,以及逐渐减少食物摄入。当某个成员准备好进行自己的死亡跑时,他已经同时达到了体力最强也最弱的极限。理论上说,他可以永远跑下去,同时身体的能源也已经耗尽。二者结合就产生了期望的结果。到了指定的那天早晨,你会和同伴一起出发，跑到灵魂出窍，边跑边叫，直到飞离自己。最终，你的灵魂挣脱束缚，你的身体跌倒在地，你死了。奔跑者宣称，这种方法有超过九成的成功率——也就是说，几乎没人需要跑第二次死亡跑。

更常见的是独自死去。但这类死亡，也变成了某种公共仪式。人们爬到最高的地方，只是为了跳下去。这就是所谓的"最后一跃"，我要承认，亲眼看到颇有几分激动，似乎打开了一个全新的自由世界：看着那人站在房顶边上，接着，总会迟疑那么一小会儿，仿佛是想享受一下生命的最后几秒，你的生命似乎也全挤在了喉咙口，然后，突然间（因为你永远无法断定他什么时候会跳），那个人会纵身跃入空中，摔到地上。你会对人群的热情感到惊讶：听到他们狂热的欢呼，看到他们兴奋的表情。仿佛这场奇观的暴力与美感让他们挣脱了自己，暂时忘掉了人生的渺小。最后一跃，是一件每个人都能理解的事，也符合每个人内心的渴望：在瞬间死去，在一个短暂而辉煌的时刻毁灭自己。我有时候会觉得，死亡是我们唯一有感觉的事。它是我们的艺术形式，是我们表达自己的唯一途径。

不过，还有像我们这种活下来的人。因为死亡，也成了一种生命之源。有这么多人在思考如何一了百了，在谋划离开这个世界的各种方式，你应该能想到赚钱的机会有多少吧。聪明人可以靠别人的死亡过上好日子。毕竟，不是每个人都有奔跑者或跳楼者那样的勇气，很多人需要别人帮他们下定决心。当然，前提是有钱购买这类服务，因此只有最富的人才掏得起这份钱。但此类生意还是相当兴旺，尤其是安乐死诊所。根据你愿意出的钱数，具体分为好几种服务。最简单也最便宜的方式，顶多会花一两个小时，美其名曰"回归之旅"。你到诊所登记，在前台买好票，然后会被带到一个私密的小房间，里面有一张铺好的床。服务员帮你盖好被子，给你打一针，然后你会慢慢睡着，不再醒来。稍贵一点的是"奇迹之旅"，耗时一到三天不等。这包括一系列的针剂，隔一段时间打一次，让主顾在打最后那致命一针之前，体验到一种放纵和幸福的狂喜。再往上就是"极乐之旅"了，最长可达两个星期。主顾可以体验到奢华的生活，享受着可与旧日豪华酒店媲美的服务。这里有精致的美食、美酒和娱乐项目，甚至还有一家妓院，无论男女，皆可满足需要。这项目固然花费不菲，但对某些人来说，有机会享受锦衣玉食的生活，即使只有片刻，也是一种无法抗拒的诱惑。

然而，安乐死诊所并不是花钱买死的唯一途径。人们还可以选择越来越受欢迎的刺杀俱乐部。如果一个人想死又不敢自己动手,可以以相对优惠的价格加入所在普查区的刺杀俱乐部。然后,一名刺客会被指派给他。顾客不会被告知任何安排,与他的死有关的一切都是谜:日期、地点、刺杀方式、刺客身份。在某种意义上,生活一如既往。死亡仍在地平线上徘徊,死是必然的,但具体形式就难以预料了。不同于老死、病死或意外死亡,刺杀俱乐部的成员可以期待在不久的将来遭遇一场迅速而暴力的死亡:脑袋上的一枪,背后的一刀,或者是半夜里掐住他喉咙的一双手。可在我看来,这一切反倒会让人更加警觉。死亡不再是抽象的,而是成了一种真实的可能性,萦绕在生活的每一刻。这些被打上刺杀标记的人,非但没有被动地接受必然会发生的事,反而容易变得更敏锐,更有活力,更充满生命感——仿佛被某种对事物的新认识改变了。事实上,他们中的很多人会宣布自己反悔了,想要活下去。但事情哪有这么简单。因为你一旦加入刺杀俱乐部,便无法退出。不过,假如你能杀死你的刺客,便可免于受死——而且,如果你愿意,还可以受雇为刺客。这就是刺客职业的危险之处,也是它报酬如此优厚的原因。刺客被杀的情况很少见,毕竟,他肯定要比他的刺杀对象有经验,但偶尔确实也会发生。在穷人中，尤其是贫穷的年轻人中，有很多人会为了加入刺杀俱乐部攒上几个月甚至几年的钱。目的是被雇佣为刺客——从而过上更好的生活。很少有人做到。要是我告诉你这些男孩的故事，你会一个星期都睡不着觉。

所有这一切都引发了大量的现实问题。比如，尸体问题。在这里，人们不再像以前那样，静静地死在他们的床上，或者是医院病房这种洁净的庇护所里——而是死在哪儿算哪儿，大部分情况下都意味着陈尸街头。我指的不仅仅是奔跑者、跳楼者和刺杀俱乐部成员（因为他们只占很小的一部分），还包括绝大多数人。一多半的人无家可归，完全没有地方可去。因此，死尸随处可见——人行道上、门口、大街中央。别让我跟你讲细节。我已经说得够多了——甚至有些过头了。无论你会怎么想，真正的问题从来不是缺乏怜悯。在这里，没有什么东西比心更容易碎。

大部分尸体都是赤裸的。拾荒者一天到晚都在街上晃荡，死者身上的东西用不了多久就会被抢光。最先被抢的是鞋子，因为鞋子供不应求，又很难找到。其次被注意到的是口袋，但接下来，往往就是衣服和里面装的任何东西了。最后，会有人拿着凿子和钳子，把死者嘴里的金牙和银牙拔掉。由于这种事无法避免，所以很多家庭干脆自己来动手拔，不想留给陌生人。某些情况下，这么做是想维护所爱的人的尊严；在另外的情况下，则完全是出于自私的考虑。不过，这一点或许太过微妙了。如果你丈夫的金牙能养活你一个月，那谁又能说你拔出来有错呢？我知道，这种行为确实有违伦理，但如果你真想在这里活下去，就必须要学会在原则问题上让步。

每天早晨，市政当局都会派卡车出来收尸。这是政府的主要职能，花在这上面的钱比其他任何事上的都多。城市边缘全是火葬场——所谓的转化中心——日日夜夜都能看到浓烟伸向天空。但由于街道现已年久失修，大部分已沦为了废墟，这项工作也越来越难了。人们只能停下卡车，走着去各处搜寻，这大大降低了工作效率。此外，卡车还经常会出故障，看客偶尔会闹事。流浪汉的日常消遣就是朝收尸工扔石头。虽然工人们有武器，人们也知道他们会对人群开枪，但有些扔石头的人非常善于躲藏，这种扔完就跑的战术，有时候会让收尸工作完全停顿。这些攻击背后没有统一的动机，多数是出于愤怒、怨恨和无聊。况且，收尸工是唯一会在居民区露面的市政雇员，自然就会成为攻击的目标。你可以说，那些石头代表了人们对政府的厌恶，因为他们毫无作为，直到人死了才会做点事。但这就扯得有点远了。石头只是不高兴的表现，仅此而已。因为这座城市根本没有政治可言。人们太饿了，太心烦意乱了，相互间的争斗太多了，哪里顾得上政治。

横渡花了十天时间，我是唯一的乘客。但这些你都知道。你见过船长和船员，也见过我的客舱，所以没必要再说一遍。我一直在看水面和天空，几乎整整十天都没翻开一本书。我们到达时，城市已经入夜，那时候我才开始有点惊慌。岸上一片漆黑，到处都没有灯光，好像我们来到了一个不可见的世界，一个只有盲人居住的地方。但我有威廉办公室的地址，所以心里还是有点底。我想，我只需找到那里，一切就会迎刃而解。起码我有信心找到威廉的踪迹。但我没有想到那条街会消失。不是说办公室空了，或者那栋楼被废弃了。根本没有楼，没有街道，什么都没有：到处都是碎石和垃圾。

我后来得知，这里是第三普查区，约一年前爆发疫情，市政府介入后封锁了整片区域，放火把一切都烧成了灰烬。至少故事里是这么说的。从那以后，我学会了别太把听来的事情当回事。倒不是说别人有意骗你，只是说到过去，真相通常很快会被掩盖。只要几个小时，传言便会四起，怪谈开始流传，事实迅速被一堆臆测淹没。在这座城市生活，最好的办法就是只相信你自己亲眼看到的东西。不过，就算这样也难保万无一失。因为没有什么东西是表里如一的，尤其是在这里，每走一步都有太多东西需要消化，有太多东西令人费解。你看到的任何东西都有可能伤害你，损耗你，仿佛只要看一眼那个东西，你的某一部分便会被夺走。通常，你会感觉看是危险的，所以你往往会挪开视线，甚至闭上双眼。因此，你很容易犯糊涂，不太确定你有没有看到你以为自己在看的东西。有可能只是你的想象，或者是和别的什么搞混了，或者是回想起了从前见过的东西——甚至可能是从前想象过的东西。你看这有多复杂。仅仅是看一眼，对自己说"我正在看那个东西"是不够的。因为如果你眼前的东西，打个比方，是一支铅笔或者一块面包皮的话，这么讲没问题。可是，如果你看到的是一个死去的孩子，一个赤裸地躺在街上的小女孩，被碾碎的脑袋上满是鲜血，那该怎么办？你该对自己说什么？你懂的，直截了当、毫不迟疑地说"我在看一个死去的小孩"并不是件简单的事。你的大脑似乎不愿意把这些字组合在一起，你好像没有勇气这么做。因为你眼前的事物，会让你无法轻易地置身事外。这就是我所说的"伤害"：你没办法看过就算，因为每样东西在某种程度上都属于你，是你心中正在展开的那个故事的一部分。我猜，把自己变得铁石心肠、对一切都无动于衷，应该也挺好。但那样的话，你就变得孤身一人，与他人完全隔绝，生活会变得无以为继。这里确实有人做到了这一点，鼓足勇气把自己变成了怪物，但你会惊讶地发现，这种人是那么地少。换句话说：我们都已经变成了怪物，但几乎没有谁的内心没有残存着某些昔日生活的痕迹。

这或许就是最大的问题。熟悉的生活已经结束，可谁都搞不清取代它的是什么。我们这些在别处长大的人，或者岁数大到还记得先前那个不同的世界的人，都觉得从一天挨到第二天是种巨大的煎熬。我说的不只是辛苦。就算面对最稀松平常的事，你都不知道该怎么行动了，而由于你不能行动，你发现自己更没法思考了。脑子成了一团糨糊。在你周围，一个变化接着另一个，每天都会有新的动荡，旧的臆测就像空气，空空如也。这就是左右为难的地方。一方面，你想活下去，想适应，想随遇而安。可另一方面，要做到这一点，你似乎需要扼杀掉所有那些曾让你觉得自己是个人的东西。你懂我要说的意思吗？为了生存，你必须让自己死去。这就是为什么很多人会选择放弃。因为无论多么努力挣扎，他们都知道自己注定会输。到了这时，再怎么挣扎显然都已经没有意义了。

现在，我的脑海中模糊一片：发生过的和没发生的、第一次见到的街道、白昼、夜晚、头顶的天空、向远方绵延的乱石堆。我记得我似乎总会抬头看天，仿佛在找它缺了什么，又多了什么，是什么让它与其他的天空有所不同，仿佛这能解释我眼前所见的事物一样。不过，我也许搞错了，可能把后面某个时期的观察错记成了最初的日子里的。但我很怀疑这能有多重要，尤其是现在。

经过仔细研究，我可以有把握地说，这里的天和你头顶的天是同一片天。我们有同样的云彩和同样的阳光，同样的狂风暴雨和同样的风和日丽，同样裹挟着一切吹来的风。如果说造成的效果有所不同，那也纯粹是因为天底下发生的事。比如，这里的夜晚就与家乡不同。虽然一样黑暗，一样无边无际，可你却感受不到任何安宁，唯有一种不断涌动的暗流，某种向下拉扯、向前推搡你的低语，永不停歇。接着，到了白天，又总是有种让人受不了的光亮——一种令人眩晕的光芒，似乎能抛光一切，让所有凹凸不平的表面都闪闪发光，空气本身几乎就是光。光的构造方式使得色彩出现了失真，而且你离得越近，失真就越严重。连影子都被搅得不得安宁，边缘一直乱颤不止。在这种光线下千万要小心，眼睛别睁太大，要眯着，眯到刚好够你保持平衡就行，不然走路时会绊倒，至于摔倒的危险，就不用我再一一列举了吧。我有时候觉得，要不是因为有黑暗，有那些降临到我们身上的诡异夜晚，天空会把自己也烧光。白昼在不得不结束时才会结束，在太阳似乎就要燃尽它所照耀的一切时。再也没有什么能吸附它的光芒了。然后，这整个不真实的世界会逐渐消融，就是这样。

这座城市似乎在缓慢而又稳定地消耗着自己，即使它仍存在着。无法解释。我只能记录，无法假装理解。每天在街上你都能听到爆炸，仿佛在离你很远的地方，有座楼正在倒塌或者是人行道正在塌陷。但你从来没见过。不管你有多频繁地听到这些声音，它们的源头都无处可寻。你会觉得，迟早有一次爆炸会发生在你面前吧。但事实胜于概率。千万别以为这是我瞎编的——那些声音的来源可不是我的大脑。其他人也听得见，虽然他们不太在意。他们有时候还会停下来评论一番，但似乎从不担心。现在好点了，他们可能会说。或者，今天下午闹腾得有点厉害。我以前问过很多关于爆炸的问题，但一直没找到答案。只能得到麻木的一瞥,或者肩膀一耸。最终,我明白了,有些事情是不能问的。就算是在这里,有些话题也没有人愿意讨论。

那些位于社会底层的人,可以住在大街上、公园里和旧地铁站里。最糟糕的是街上,因为你会遇到各种危险和麻烦。公园多少安稳些,不会有车流人流的问题。但除非你是那种有自己的帐篷或小棚屋的幸运儿,否则风吹雨淋是免不了的。只有在地铁站里,你才能百分百地避开恶劣的天气,但又不得不面对其他破事:潮气、人群,以及人们没完没了的嚷嚷,仿佛他们被自己的回音迷住了一样。

最初几周里,我最害怕的东西是雨。相比之下,寒冷简直不值一提。穿一件暖和的外套(这个我有),走得快些,刺激血液循环即可。我还知道了报纸的妙处,塞到衣服里,绝对是最好用也最便宜的防寒保暖材料。天冷的时候,你必须很早就起来,以确保能在报刊亭前的长队里占到个好位置。而且,你必须要审慎地判断时机,毕竟,没有什么会比长时间地站在清晨的寒气里更可怕的了。要是你觉得要等上二十或二十五分钟,那一般情况下还是别等了,忘了这事吧。

一旦买到了报纸，假设你买到了的话，最好的方法是拿出一张，撕成条，然后拧成小捆。这些纸结很适合塞在脚趾间，挡住脚踝周围漏风的缝隙，或者穿进衣服上的窟窿里。对于四肢和躯干来说，最好的办法就是用整张报纸裹住，扎几个宽松一点的纸结。对于颈部来说，则适合用十几个纸结编成一个项圈。这身打扮会让你看起来臃肿鼓胀，有着掩盖瘦弱身形的美化效果。对于那些注重外表的人而言，所谓的"纸装"可以算作某种挽回面子的手段。饿得快死的人们，前胸贴后背，四肢像麻秆，却要装作有二三百磅重的样子走来走去。当然，这样的伪装谁都骗不了——隔着半英里就能看出来——但或许目的并不在于伪装。人们想要表达的似乎是，他们明白自己的遭遇，并对此感到羞愧。最重要的是，他们肥硕的身躯是一种意识的象征，一种酸楚的自我意识的标志。他们把自己变成了那些富足肥胖之人的拙劣模仿，想通过这种挫败而又有些疯狂的努力让自己变体面，却证明了他们与假装成的人恰恰相反——他们对此也心知肚明。

然而，雨实在没法克服。一旦被淋湿，几个小时甚至是几天内都要为此付出代价。没有比被瓢泼大雨淋更大的错误了。你不仅有感冒的危险，还不得不忍受无数的不适：你的衣服会被淋湿，你的骨头像是被冻结，鞋子随时会有坏的危险。如果说走路是最重要的任务，那想象一下鞋子坏掉的后果吧。对鞋子破坏最大的就是彻底浸湿。这会带来各种各样的问题：水泡、拇囊炎、鸡眼、嵌趾甲、溃疡、畸形——要是连走路都变得痛苦，那你就真没救了。一步，一步，又一步：这就是黄金法则。要是连这个都做不到，那你还不如干脆就地躺好，让自己咽气算了。

但是，如果随时有可能下雨，你要如何躲开？有时候，很多时候，你会发现自己正在外面，要从一个地方去另一个地方，走到某个必经之地，突然天空变黑，阴云相撞，而你则被淋成了落汤鸡。就算雨一下你就找到了躲避的地方，雨停之后，也一定要非常小心。因为你得留意路面凹陷形成的水洼，裂缝形成的水坑，甚至是从地下冒出的深及脚踝、危险重重的淤泥。街道年久失修，到处都是裂缝、坑洼，这类危险实在无法避免。迟早你都会来到一个躲不开的地方，被它们团团围住。你要注意的不光是地面，紧贴双脚的世界，还要留心上面滴下来的水，从房檐上流下来的水。更糟糕的是随之而来的狂风，猛烈的气旋，会掠过水泡和水洼里的顶部，把这些水重新吹回大气中，就像小针和飞镖一样刺向你的脸,在你周围飞旋,让你什么都看不见。雨后再起风的话,人们会更频繁地相撞,街头斗殴也更多了,空气中似乎危机四伏。

天气预报哪怕稍微准一些,也另当别论了。那样可以做好计划,知道什么时候不要上街,提前为变天做准备。但这里的一切都发生得太快了,说变就变,前一分钟还是这样,后一分钟就不是了。我浪费了很多时间在空气中寻找蛛丝马迹,研究大气的征兆,想搞清楚接下来会发生什么以及何时会发生:云朵的颜色和重量、风速和风向,任何特定时刻的气味、夜空的质感、晚霞的面积、朝露的多寡。但一切都徒劳无功。寻找这个与那个的关联,把晚霞与夜风联系起来——这种事只会把你弄疯。你在计算的旋涡中转啊转,然后就在你确信要下雨的时候,太阳却照耀了一整天。

因此,你必须要为任何情况做好准备。不过就怎么准备最好而言,人们的意见却大相径庭。比如,有一小群人相信,坏天气源自坏想法。这一思路未免太神秘主义了,因为它暗示着思想可以直接转化为物质世界里的事件。按照他们的说法,每当你有个阴暗或悲观的念头时,天上就会出现一朵乌云。如果有足够多的人同时在琢磨阴郁的想法，那雨就开始下了。他们声称，这就是天气变化让人措手不及，而且没人能给出科学解释的原因。他们的解决办法是，无论身边的情况有多么糟糕都要坚定不移地保持乐观。别皱眉，别叹气，别流泪。这就是所谓的"微笑派"，城里没有比他们更天真更幼稚的教派了。他们认定，如果大多数人都能皈依他们的信仰，天气便会稳定下来，生活便会有所改观。因此，他们总是在劝人入教，不停地寻找新信徒，但他们强迫自己秉持的那种温和的态度，却使得他们的劝说软弱无力。他们很少能成功说服别人，因此他们的理念也从未被检验过——因为没有大量的信徒，就没有足够多的好想法来发挥作用。但缺乏证据反倒让他们的信仰更坚定。我知道你肯定在摇头，是啊，我也同意，这些人太荒唐了，都是些旁门左道。但是，具体到这座城市的日常生活中，他们的论点有一定的说服力——而且或许也并不比其他派别更荒唐。就性格而言，和微笑派待在一起总是令人耳目一新，他们的温柔和乐观是种怡人的灵药，可以中和无处不在的愤怒与怨恨。

另一群叫"爬行派"的人则恰恰相反。这些人认为，除非我们能证明——以一种非常有说服力的方式——我们对过去的生活感到多么羞愧，否则情况只会越变越坏。他们的解决办法是趴在地上，拒绝再站起来，直到有神迹表明他们的自我惩罚已经足够。至于神迹到底是什么，人们在理论上却长期争执不下。有些人说是一个月的雨，有些人说是一个月的晴天，还有的人说，要等到神迹降临在他们心中以后才会知道。这个教派主要分为两个派系——"狗派"和"蛇派"。前者认为，用双手和膝盖爬行已足以表明悔意，而后者则主张，肚子也要贴地才行。两派时常打得头破血流——都想控制对方——但都没能吸引多少追随者，到现在，我觉得这个教派已经快绝迹了。

　　说到底，大部分人对这类问题并没有固定的看法。就算我把这些对天气问题有系统理论的群体（打鼓派、末日派、自由联结派）加起来，恐怕也不过是沧海一粟。归根结底，我觉得，纯粹是运气问题。主宰天空的是运气，是一些复杂、晦涩到没人能解释清楚的力量。如果你碰巧被雨淋了，那是你不走运，仅此而已。如果你碰巧没被淋湿，那再好不过了。但这和你的态度或信仰没有任何关系。雨是一视同仁的。或早或晚，它会落在所有人身上，雨落之时，人人平等——没有谁更好，没有谁更坏，大家都是同等的。

我有好多事想告诉你。但开始讲之后,我才突然意识到自己懂的是那么少。我是指事实和数据,关于我们如何在这座城市生活的确切信息。这本是威廉的工作。报社派他来这里采访,每周要交一篇报道。历史背景、风土人情、整体概况。但是我们没看到多少,对吧?几篇短新闻之后就没动静了。可要是威廉都做不到,我又哪敢指望自己做得更好呢。我完全不知道这座城市是如何运转的,即使我去调查,也可能会花很长时间,长到等我查出来的时候,整个情况早就变了。比如,蔬菜种在哪里,又是怎样运到城里来的。我无法回答,也从未遇到过任何能回答的人。人们会谈起西部腹地的农业区,但这并不意味着确有其事。这里的人什么都谈,尤其是那些他们一无所知的事。让我觉得奇怪的倒不是一切都在分崩离析,而是居然还有那么多东西在。一个世界需要很长时间才能消失,比你想象的要长得多。生活仍在继续,我们每个人都是自己人生闹剧的见证者。没错,学校已经没了;没错,最后一部电影放映是五年前;没错,葡萄酒现在很稀罕,只有富人能买得起。但这就是我们所谓的生活吗?任一切消失,看看还剩下什么。也许这才是最有意思的问题:看看一切都消失以后会发生什么,看看我们能否生存下来。

结果可能会很奇怪，而且往往与你的期望背道而驰。彻底的绝望可以与最惊人的发明并存；混乱和繁盛合二为一。因为剩下的东西太少了，所以几乎没有什么会被扔掉，一度被弃如敝屣的东西现在都有了新用途。这都是新思维方式的功劳。物资稀缺会促使你积极寻求新颖的解决办法，你会发现，自己竟愿意接受那些以前根本想不到的点子。就拿人体垃圾来说吧，实打实的人体垃圾。管道系统已经形同虚设。水管锈蚀，马桶破裂漏水，排污系统基本上已经废弃。但是，市政府没有让人们自寻出路，随处倾倒粪便——这很快就会引发混乱和疾病——而是精心设计了一项复杂的制度，给每个社区派了一支夜间清粪队。他们每天上街巡逻三次，推拉着生锈的破车，隆隆地走在裂开的人行道上，摇铃示意附近的人们出来，往粪罐里倾倒便桶。当然，臭味让人无法忍受，所以这个制度刚实行时，只有犯人愿意干——他们面临着一个不太光彩的选择：如果接受便可获得减刑，拒绝则会延长刑期。不过，后来情况出现了变化，清粪工现在拥有了公务员的身份，还分到了不逊于警察的住房。我觉得这样挺合理。要是从这种差事里捞不到好处，谁会愿意去做啊？这只能说明，在某些情况下，政府的效率可以很高。比如尸体和粪便——在消除健康隐患的问题上,我们的官员颇有古罗马的组织风范,堪称思维清晰和雷厉风行的楷模。

不过,这还不算完。清粪工收走粪便后,不会随便处理掉。粪便和垃圾已经成了重要的资源,随着煤炭和石油储量已降至岌岌可危的水平,它们为那些我们还能生产出的东西提供了大量能源。每个普查区都有自己的发电站,完全靠排泄物运转。汽车行驶、房屋取暖——全都要靠这些发电站生产的甲烷。我知道,你可能觉得可笑,但在这里,没有人会拿这个开玩笑。粪便是很严肃的事情,任何被抓到在大街上倾倒粪便的人都会被逮捕。要是再犯第二次,就会被直接判处死刑。这样的制度下,没有人敢胡闹。人家顺从地接受了这种要求,而且很快就会不假思索地照做。

活着才是最重要的事。如果你想要在这里撑下去,必须得有办法赚钱,不过,传统意义上的工作已经所剩无几了。没有人脉的话,连最低微的政府职位(如办事员、看门人、转换中心员工等)都申请不了。城里各种合法不合法的行业(安乐死诊所、黑市商贩、幽灵房东)也一样。除非你之前就认识某个人,不然根本搭不上话。因此,对于最底层的人来说,拾荒是最常见的办法。这就是没有工作的工作，我估计有百分之十到百分之二十的人都在干这个。我自己做过一段时间，很简单：一旦开始，几乎就停不下来。拾荒会让你筋疲力尽，你根本没时间考虑别的事。

拾荒者大致分为两类：捡垃圾的和拾破烂的。前者比后者多得多，如果你努力工作，每天辛苦十二到十四个小时，就有一半的概率活下去。市政垃圾处理制度已荒废多年。取而代之的是私营垃圾代理商，瓜分了整个城市——每个普查区都有一家——从市政府手中购得了各地区的垃圾收集权。要想捡垃圾，你首先得获得垃圾商的许可——必须每月为此付费，有时甚至会占到你收入的一半。无证上岗确实让人心动，但也极其危险，因为每个垃圾商都会派出巡视员，对看到的捡垃圾者随意抽查。如果拿不出相关证件，巡视员便有权依法罚款，交不起钱就会被抓起来。这就意味着，你会被流放到城西的劳改营——在监狱里蹲上七年。有些人说劳改营的生活比城里好，但这只是臆测。有些人甚至故意被捕，但后来再也没人见过他们。

假设你是正式注册的捡垃圾人员，并且证照齐全，你就可以尽可能地多捡，把它们送到附近的发电厂换钱。那里按磅收购垃圾——单价微不足道——然后倒入处理罐中。运输垃圾的首选工具是手推车——跟咱们那边的购物车差不多。事实证明，这种带轮子的金属筐很坚固，而且与其他东西相比，毫无疑问要更加省时省力。车要是再大点，装满后推起来会很费力，要是小点儿，又要来回跑很多趟。（几年前，有人甚至还就这一主题出了本小册子，证明了这些假设的正确性。）因此，手推车非常紧俏，每个捡垃圾业新人的首要目标都是能有钱买一辆。这可能会花上好几个月，甚至是好几年——但没有手推车根本没法干。这一切中隐藏了一个致命的平衡。因为这份工作报酬微薄，所以你攒不下什么钱——如果你攒下了，那通常意味着你省下了某种必需品：比如说食物。可不吃东西又没力气工作，那就更赚不到买手推车的钱了。你明白问题出在哪儿了吧？你工作越努力，身体就越弱；身体越弱，工作就越累。但这还只是开始。就算你弄到了一辆手推车，也还得好好保养它。因为街道会对推车造成损害，尤其是车轮，你必须时刻保持警惕。但是，即使你把这些都做到了，也还有项额外的义务，那就是永远不要让推车离开你的视线。手推车已经变得如此贵重，所以小偷格外垂涎——没有比弄丢了手推车更惨的了。因此，大多数拾荒者还要购买一种被称为"脐带"的系绳装置——其实就是绳子、狗绳或链子，一头绑在腰上，另一头绑到车上。这样虽然不方便走路，但费这点事是值得的。由于手推车颠簸行进时,链条会发出声响,所以拾荒者常被称为"音乐家"。

和捡垃圾的人一样,拾破烂的人也要经过同样的登记流程,也要接受随机检查,但工作性质是不同的。捡垃圾的人捡的是没用的废物;拾破烂的人拾的是可以回收利用的特定商品和物料,虽然他可以随意处置自己找到的东西,但通常会卖给城里的"复活代理人"——也就是私营业主,他们会把这些鸡零狗碎的旧物改造成最终能在市场上公开售卖的新商品。这些代理人身兼数职——废品代理商、制造商、店主——鉴于城里其他生产模式已濒临灭绝,他们成了远近最有钱、最有影响力的人,只有垃圾代理商能与之匹敌。因此,一名好的拾破烂者有可能靠这份工作过上满意的生活。但你必须要快,要聪明,知道去哪里找。年轻人通常最擅长,你很少能看到二十或二十五岁以上的拾破烂者。干不了就得尽快另谋他职,因为努力不一定就有回报。捡垃圾的是更老、更保守的一群人,他们愿意辛勤工作,因为他们知道干这行好歹能糊口——至少,拼尽全力的话。但万事都没有定数,毕竟,各级拾荒者竞争都已经白热化了。城里的东西越短缺,人们就越是什么都不愿扔。以前人们或许会不假思索地把橘子皮扔到街上,可现在很多人就把它磨成泥吃了。一件磨破的T恤、一件穿旧的内裤，一顶帽子的边檐——所有这些现在都会被存起来，拼成一套新衣服。你可以看到穿着各种奇装异服的人。每次看到穿百衲衣的人走过，你就知道，可能又有一个拾破烂的人失业了。

不过，我还是入了这行——拾破烂。而且我很幸运，入行时钱还没花光。在买了许可证（十七格拉特）、手推车（六十六格拉特）、一条皮带和一双新鞋（分别是五格拉特和七十一格拉特）之后，我手里还剩两百多格拉特。我真的很幸运，因为它给了我一定的回旋余地，在那种情况下，助力自然是多多益善。我迟早要背水一战——但眼下，我至少还能抓住点什么：一根浮木、一块船只残骸，使自己免于沉没。

刚开始，事情不太顺利。那时，我还不太熟悉这座城市，似乎老是迷路。我时常浪费时间白忙一场，凭着差劲的直觉在贫瘠的街道上乱找一通，在错误的时间出现在错误的地点。就算碰巧找到了什么，那也只是瞎猫碰上了死耗子。我唯一的办法就是碰运气，完全是无凭无据的，看到什么就捡什么。不像别人那样，我完全没办法预知要去哪里，也不清楚什么东西什么时候会在哪里。在这个城市生活很多年以后才能达到那种水平,可我只是个新手,一个无知的新移民,连从一个普查区到另一个普查区的路都不一定能找到。

不过,我也不算彻底的失败者。毕竟,我还有双腿,以及年轻的朝气支持我继续前进,哪怕前景不容乐观。我气喘吁吁地闪转腾挪,避开危险的小路和收费站,时不时从一条街冲到另一条街上,总希望能在下一个拐角发现什么了不起的东西。我也觉得不停地低头看地,搜寻损毁和废弃的东西有点古怪。一段时间之后,大脑肯定会受影响。因为所有东西都不再是它本身了。几块这个,几片那个,但都拼不到一起。不过,奇怪的是,混乱达到极限后,一切又开始重新融合了。苹果和橙子,磨成粉以后都是一个样,不是吗?一件好衣服和一件坏衣服,撕成碎片以后根本分不出来,对吧?到了某个时刻,事物会分解成泥土、尘埃或碎片,而你得到的将是某种新的东西,某种无法识别的物质微粒或结块。它是那个无处安放的世界的一块、一粒、一片:一个"它性"的密码。作为一名拾破烂者,你必须在事物陷入完全腐朽的状态前把它们拯救出来。你永远都别指望能找到完整的东西——要有也是意外,是丢弃它的那个人搞错了——但也不能把时间全花到寻找已经被彻底用烂的东西上。你游走于两者之间，留心那些仍然保持原状的东西——虽然已经不能用了。别人觉得该扔掉的东西，你必须仔细检查分析，将它复活。一条绳子、一个瓶盖、烂箱子上的一块完好的木板——这些都不该被忽略。每件事物都会分解，但不是每件事物的每个部分，至少不会同时发生。你的工作就是锁定这些完好的小岛，想象着把它们连在一起，如此这般，最终创造出新的物质群岛。你必须挽救那些还有救的东西，学会忽略其他的。关键就是要尽快地去做。

一点点地，我的收获勉强能满足需要了。当然都是些零碎，但也有些意外收获：一架碎了一块镜片的可折叠望远镜；一个弗兰肯斯坦橡胶面具；一个自行车轮；一个只缺了五个字母键和空格键的西里尔打字机；一个名叫奎恩的人的护照。这些宝贝弥补了日子的艰难，随着时间的推移，我跟复活代理人干得风生水起，再也没动过我的储备金。我想我其实可以做得更好，但我在心里设了一定的底线，一些我绝不会跨越的界限。比如，去碰死人。搜刮尸体是拾荒这行最赚钱的方向之一，几乎没有哪个拾破烂者不会扑向这样的机会。我不停地告诉自己，我就是个傻子，是个不想活了的富家娇小姐，但都没有用。我试过了。有一两次，我甚至走到了跟前——但真要下手时却怎么都没有勇气。我记得有一个老头和一个小姑娘：我在他们身旁蹲下，把手伸到尸体附近，试图说服自己这没什么。然后，一天清晨，灯罩路上，一个六岁左右的小男孩。我实在下不了手。倒不是说我为自己做出了某种重大的道德决定而自豪——我真的只是没胆量做到那一步而已。

另一件对我没好处的事，是我坚持独来独往。我不和其他拾荒者搭伴，也不想和任何人交朋友。但你需要盟友，尤其是用以保护自己免受"秃鹫"的伤害——秃鹫就是靠偷窃其他拾荒者为生的拾荒者。巡视员对这种恶行不闻不问，把注意力全都集中在无证拾荒者的身上。因此，对于真正的拾荒者来说，这份工作就是一场大混战，袭击和反击此起彼伏，你会觉得自己随时都有可能遭遇不测。我拾来的东西平均每周被偷一次，搞得我后来甚至都开始提前计算损失了，好像它们是工作的正常内容一样。有朋友的话，我可能会少被偷几次。但长远看来似乎并不划算。拾荒者本来就是一群讨厌的家伙——是不是秃鹫都一样——他们的阴谋诡计，他们的自吹自擂，他们的谎话连篇，都让我反胃。最重要的是，我没有弄丢我的手推车。这就是我刚到城里时的生活：我还很坚强，能坚持下去；还很敏捷，必要时能迅速逃离危险。

请原谅。我知道自己时常会跑题，但要是不把这些发生在我身上的事情记下来，我觉得就要永远地遗忘了。我的脑子已经大不如前。它现在变得缓慢、迟钝、不怎么灵活了，最简单的思考也会让我筋疲力尽。无论我如何努力，它还是走上了下坡路。那些想说的话，只有在我搜肠刮肚也想不起来、绝望地以为永远也想不出来的时候才会冒出来。每天都面临着同样的挣扎，同样的茫然，同样的渴望：先是想忘记，接着又不想忘记。这种情况从来不会发生在别的地方，只会在这里，就在提起笔来要写字的节骨眼上。故事开始又停下，向前发展，然后迷失了自己，而在字词之间，那些沉默，那些逃逸、消失的语词，都再也不会出现了。

长期以来，我尽量不去回忆任何事。把思想局限在当下，我能应付得更好，能少生些闷气。记忆是个大陷阱，你懂的，我竭尽全力地克制着自己，不让思绪偷偷溜回过去。但我近来却总是往回溜，似乎每天都会多溜一点，有时甚至停不下来：想爸妈，想威廉，想你。我年轻时很野，对吧？我成长得太快了，对自己一点好处都没有，别人跟我说什么，我都听不进去。现在我能想到的只有我如何伤害了爸妈，妈妈听到我要离开时哭得有多伤心。失去威廉已经够他们受的了，可现在他们又要失去我了。拜托——如果你见到我爸妈，请告诉他们我很抱歉。我需要找到可靠的人帮我做这件事，除了你，没有人指望得上。

是的，让我羞愧的事情有很多。有时，我的生活似乎就是一连串的遗憾、误入的歧途和无可挽回的错误。回首往事的麻烦就在这里。你看清了自己，震惊不已。但我意识到，现在道歉为时已晚。一切都太晚了，只能继续往前。所以，我还是继续讲吧。我迟早会试着把一切都讲出来，但事情发生的时间、第一件事是不是第二件事，或者第二件事是不是最后一件，都无关紧要。所有的事同时在我的脑海里打转，能抓住一件讲完就是胜利。如果这让你困惑，那我很抱歉。但我别无选择。我只能尽可能地如实讲述。

我没有找到威廉，她继续写道。这或许是不言而喻的。我没找到他，也从未遇到过任何知道他去向的人。理智告诉我，他已经死了，但我还无法确定。再大胆的猜测也没有证据支持，所以在真凭实据出现之前，我宁愿保持开放的心态。什么都不知道，就不会有希望，也不会绝望。最好的办法就是怀疑，在这种情况下，怀疑已经是很大的福气了。

就算威廉不在城里，也有可能在别的地方。这国家那么大呢，你知道吧，说不定他去了别的地方。据说，在西部的农业区以外还有几百英里的沙漠。我还听人说，再远还有更多的城市、山脉、矿山和工厂，广阔的土地一直延伸到另一片大洋。这种说法或许有些道理。果真如此，那威廉可能跑到其中某个地方碰运气去了。我没有忘记离开这座城市有多难，但我们都了解威廉是什么样的人。只要有一丁点的机会离开，他就能找到办法。

有件事一直没告诉你。离家前的最后一周，我去见了威廉供职的那家报社的编辑。应该是跟你告别的三四天以前。我当时之所以没提，是因为我不想再和你吵架了。情况本来就够糟了，告诉你只会毁掉我们最后的共处时光。现在别生我的气，求你了。我会受不了的。

那个编辑名叫博加特——一个秃顶的大肚子男人，穿着老式的背带裤，胸前的口袋里揣着一块怀表。他让我想起了我的爷爷：劳累过度，写字前会舔一下铅笔尖，浑身散发着一种心不在焉的善意，又似乎带着些狡猾，和蔼可亲的外表之下隐隐流露出一丝残忍。我在待客室等了近一个小时。等到终于腾出空来见我时,他扶着我的胳膊肘,把我领进了他的办公室,让我坐在他的椅子上,听我讲这件事。我差不多讲了五到十分钟后,他打断了我。威廉有九个月没发回过报道了,他说。是啊,他知道那座城市的发报机坏了,但那不是问题。优秀的记者总能想出办法把稿子发回来的——而威廉一直是他最得力的手下。所以,九个月的杳无音信只有一种可能:威廉遇到了麻烦,他不会回来了。非常直接,丝毫没有拐弯抹角。我耸了耸肩,说这只是他的猜测罢了。"别去,小姑娘,"他说,"疯子才会去那里。"

"我不是小姑娘,"我说,"我已经十九岁了,要比你以为的更会照顾自己。"

"一百岁又能怎么样呢。那地方有去无回。那是这个该死的世界的尽头。"

我知道他说得对。但我心意已决,没有什么能让我回心转意。见我这么固执,博加特便换了一种战术。"听着,"他说,"大概一个月以前,我又派了一个人过去,应该很快就会收到他的消息了。干吗不等一下呢?你都不用亲自过去就能得到全部的答案了。"

"那和我哥哥有什么关系?"

43

"威廉也是报道的一部分呀。要是这个记者能完成任务，就肯定能搞清楚他的遭遇。"

但这话站不住脚，博加特自己也明白。我固执己见，决心反抗他这种自以为是的家长作风。渐渐地，他似乎认输了。还没等我开口，他就把那名新记者的名字告诉我了，然后，作为最后的表示，他走到桌子后面的文件柜前，拉开抽屉，取出一张照片，上面是个年轻人。

"也许你应该把这个也带上，"他把照片扔到桌子上说，"以防万一。"

照片上是那个记者。我匆匆看了一眼，然后塞到包里，好让博加特满意。我们的谈话到此为止。这次会面很僵，谁也没有让步。我觉得博加特既生我的气，又有点佩服我。

"记得我提醒过你就好。"他说。

"我不会忘的，"我说，"等把威廉找回来，我就过来帮你回忆一下这场谈话。"

博加特似乎还有话要说，但想了想还是咽了回去。他叹了口气，双手轻轻地一拍桌子站起身。"别误会，"他说，"我不是要和你作对。我只是觉得你这么做是个错误。这是两码事，你明白的。"

"或许吧。但什么都不做更不对。这都需要时间，在搞清楚自己在说什么之前,你不应该乱下结论。"

"问题就在这里,"博加特说,"我很清楚我在说什么。"

我记得,那一刻我们握了握手,也可能只是隔着桌子盯着对方看了一会儿。接着,他带我穿过新闻室,来到大堂的电梯前。我们默默地等在那里,甚至都没有再看对方一眼。博加特踩着脚跟,一前一后地晃着身子,小声哼哼着什么。很明显,他已经在想别的事了。电梯门打开后,我走了进去,他疲惫地对我说:"好好活着,小姑娘。"但我还没来得及回答,电梯门便合上,带着我往下走了。

到最后,那张照片确实帮了大忙。我起先都没打算带上,但最后还是放到了行李中,反正拿着也不妨事。当然,我当时并不知道威廉失踪了。我本来想先去报社办事处,找到接替他的那位记者,然后再开始寻人。但一切都未能按计划进行。到了第三普查区,看到那里的情况后,我才意识到,那张照片是我仅存的线索了。那是我与威廉之间最后的联系。

那人名叫塞缪尔·法尔,但除此之外,我对他一无所知。去见博加特时,我表现得太傲慢了,连细节都没问,搞得现在都不知该从何查起了。一个名字和一张脸,就是全部的线索了。当初要是聪明点、谦虚点，我能给自己省多少麻烦啊。虽然到最后，我还是见到了萨姆[*]，但这并不是我的功劳。纯粹是靠运气，天上掉馅饼。不过那是很久以后的事了——久到我都想不起来到底有多久了。

刚开始的日子最难熬。我像个梦游者一样四处游荡，不知道自己身处何方，甚至都不敢和别人讲话。那期间，我把包裹卖给了一名复活代理人，这使得我在相当一段时间内都没有饿肚子，但即便是开始拾破烂以后，我也还是没地方住。无论什么天气我都睡在户外，每天晚上都换新的地方。天知道这持续了多长时间，但这无疑是最糟糕的日子，我差点儿熬不过去。最少也有两三个星期，也可能有几个月。我痛苦得无以复加，大脑似乎都停工了。我的内心变得迟钝，只剩下本能和自私。那段时间里，我遇上了很多可怕的事，至今都不知道是怎么挺过来的。我在字典大厦和马尔登大道的拐角处险些被收费站的人强奸。有天晚上，在以前的催眠师剧院中庭，有个老头想抢我的东西，结果反倒被我抢了吃的——直接把他手里的粥夺了过来，而且我丝毫都没有为此后悔过。我没有朋友，没有能

---

[*] 萨姆（Sam），是塞缪尔（Samuel）的昵称。

说话的人，没有一起吃饭的人。要不是有萨姆的照片，我可能就挺不过来了。只要知道他在城里，我就有指望。这个人会帮你，我不断地告诉自己，只要找到他，一切都会好的。我每天都会掏出那张照片来看上一百遍。后来，照片已经变得皱皱巴巴、满是折痕，脸都认不清了。但那时，我对那张脸已经熟稔于心，照片本身其实早就不重要了。我之所以留着，是把它当成了一张护身符，一块小盾牌，用以抵抗绝望。

接着我就开始走运了。应该是我开始拾破烂后的一两个月，不过也只是估计。一天，我走在第五普查区郊外，也就是以前的细丝广场附近时，看到了一个身材高大的中年妇女，正缓慢、笨拙地推着购物车，在乱石堆上颠簸前行，但她的心思显然没有放在眼前的事情上。那天阳光特别亮，亮得让你眼花，几乎看不清任何东西。气温也高，我记得那天非常热，几乎要把人热晕了。就在那个女人终于把车推到街中央时，一群奔跑者突然从拐角冲了过来。大约有十二到十五个人，全都紧紧靠在一起，正在一边狂喜地呼喊、一边飞速狂奔着。我看到那个女人抬起头看着他们，仿佛突然从幻想中回过神来，可她非但没有赶紧让路，反而呆在了原地，像一头被汽车前灯照着的鹿一样不知所措。不知怎么的——直到现在,我都不知道当时为何会那样做——我解开腰上的脐带,飞奔过去,一把抓住那个女人,在奔跑者经过的一两秒前,把她拖到了一边。真是太险了。要不是我,她可能已经被踩死了。

就这样,我认识了伊莎贝尔。不管怎样,从那一刻起,我在这座城市中的生活才真正开始。之前的一切都是序幕,是一大团我已经记不起来的跌跌跄跄、日日夜夜和心心念念。要不是因为我在街上冲动了那么一下,我跟你讲的故事将会是另一番模样。考虑到我当时的状态,我甚至都怀疑还会不会有什么故事可讲。

我们喘着粗气躺在路旁水沟里,仍然紧紧抱在一起。最后一名奔跑者消失在拐角处后,伊莎贝尔才渐渐意识到发生了什么。她坐起身,看看四周,又看看我,然后,慢慢地哭了起来。对她来说,这是个可怕的时刻。不是因为差点丢了性命,而是因为她根本不知道自己在哪儿。我为她感到难过,也有些害怕。这个骨瘦如柴、浑身发抖、愁眉苦脸、目光空洞的女人到底是谁——而我又为什么会跟她一起四仰八叉地躺在街上?她似乎有点疯疯癫癫的,所以我喘过气来以后的第一反应就是跑。

"噢,我亲爱的孩子,"她怯生生地伸手摸着我的脸说,

"噢，我亲爱的，好心的小姑娘，你受伤了。你挺身而出帮我这个老太婆，结果自己却受了伤。你知道这是为什么吗？因为我晦气。大家都知道，但他们都不愿讲出来。但我知道。我什么都知道，虽然没人告诉我。"

我们摔倒时，我磕在了一块石头上，血正在从我的左太阳穴往外流。但情况并不严重，也没什么可慌张的。我正准备道别离开，又突然有些不忍就这么弃她而去。我想，或许我应该送她回家，免得她再出什么别的事。我扶她站起来，又从广场的另一头把购物车推了过来。

"费迪南德肯定会非常生我的气，"她说，"我都三天没捡到东西了。再这样下去，我们都得完蛋。"

"我觉得你还是先回家吧，"我说，"至少回去待一会儿。你现在这个样子，也没法推着车子到处走了啊。"

"但是费迪南德。要是他看到我什么都没弄到，肯定会气疯的。"

"别担心，"我说，"我来跟他解释发生了什么。"

当然，我根本不知道我在说什么，但有什么东西突然控制了我，而我却无法控制它：油然而生的怜悯之心，照料这个女人的愚蠢欲望。或许那些有关救人性命的老生常谈是真的。据说，救了一个人，这个人就成了你的责任，不管你愿不愿意，你们会永远属于彼此。

  我们花了近三个小时才回到她的住处。往常只需要一半的时间，但伊莎贝尔走得太慢了，一步三摇，我们到达时，太阳都快下山了。她没有系"脐带"（她说已经丢了好几天了），所以手推车时不常地就会从她手里滑出去，颠簸着溜到街上。有一次，还差点被人抢走。那之后，我决定一手抓着她的推车，一手抓着我自己的，结果更拖慢了我们的脚步。我们沿着第六普查区的边缘走，躲开了记忆大道上的那一堆收费站，然后又拖着脚步穿过金字塔路上的办公区，警察现在在那里设了营房。一路上，伊莎贝尔漫无边际、颠三倒四地跟我讲了不少她的生活。她丈夫以前是位商业广告牌画师，她说，但随着这么多企业关门或入不敷出，费迪南德已经失业好几年了。有一阵子，他酗酒很厉害——靠半夜从伊莎贝尔的钱包里偷钱来维持那种狂饮，或者靠在第四普查区的酿酒厂附近晃悠、给工人们跳舞或者讲笑话——直到有一天，挨了一群人臭揍，他就再也没出过门了。现在，他还是拒绝出门，日复一日地坐在他们的小公寓里，很少说话，也不关心他们要怎么活下去。生活的担子全都落在了伊莎贝尔的肩上，因为他认为这些小事已经不再值得他过问了。现在他只关心自己的爱好：

制作微型船模，然后把它们放到瓶子里。

"那些船特别美，"伊莎贝尔说，"美到你几乎都想原谅他现在那副德行了。那么美的小船，那么精致小巧。你简直想把自己缩成一根大头针，然后爬上船，扬帆远去……"

"费迪南德是个艺术家，"她接着说，"其实以前他也一样喜怒无常。前一分钟还高兴呢，后一分钟就郁闷了，总有什么事能让他的情绪变来变去。不过你真应该看看他画的广告牌！谁都想请他，他也确实给各种商店都画过。药店、杂货店、烟草商、珠宝店、酒馆、书店，全都有。他还有自己的工作室，就在市中心的仓库区，很不错的小地方。但现在，一切都没了：锯子、画笔、一桶桶的颜料、锯末和清漆的气味。在第八普查区的第二次大清洗中，所有这些都被扫荡干净了，一切到此为止。"

伊莎贝尔说的话，我有一半都没听明白。不过，根据她字里行间的意思，加上我自己的揣测，最终了解到她有过三四个孩子，要么全都死了，要么离家出走了。费迪南德失去生计后，伊莎贝尔成了一名拾荒者。你可能会觉得，她这个年纪的女人应该会去捡垃圾，但奇怪的是，她竟然选择了拾破烂。我觉得这是最糟糕的选择。她行动迟缓，脑子不灵光，而且也没有耐力。是啊，她说，她都知道，但她用别的品质弥补了这些缺点——一项知道该去哪里的非比寻常的本事,一种在被人忽略的地方找出东西来的本能,一块在内心里莫名将她引到正确地点的磁石。她自己也解释不了,但事实上,她确实有一些惊人的发现:一整袋蕾丝内衣,她和费迪南德靠这个换来的钱已经撑了近一个月了;一根完好无损的萨克斯管;一盒未拆封的新皮带(似乎是直接从工厂流出来的,尽管最后一家皮带厂五年前就停产了);还有一本蒲草纸印刷、牛皮封面,还烫了金边的《旧约全书》。不过那是以前的事了,她说,过去六个月里,她似乎越来越差劲。她已经疲惫不堪,无法久站,心思也老是游离到工作之外。几乎每一天,她都会发现自己走在不认识的街道上,拐过街角就忘了自己在哪里,走进一个街区却以为自己是在别的地方。"你碰巧在那里,简直是个奇迹。"我们停在一个门口休息时,她说,"但那不是意外。我向上帝祈祷了那么久,他终于派人来救我了。我知道人们现在讳言上帝,但我还是忍不住要说。我每天都会想着他,晚上等费迪南德睡着后,我会向他祈祷,一直在心里跟他说话。费迪南德现在什么都不和我说,上帝就成了我唯一的朋友,也是唯一的听众。我知道他很忙,没空见我这样的老太婆,但他是位绅士,已经把我列入了他的名单。今天,他终于来看我了。他把你派到我这里,来彰显他的博爱。你就是上帝为我派来的那个亲爱的、善良的孩子,现在我要照顾你,尽我所能。再也不用露宿街头,再也不用在街上游荡,再也不做噩梦了。现在那些都结束了,我向你保证。只要我还有一口气,你就有地方住,我才不管费迪南德会怎么说。从现在起,你会有地方住、有东西吃。我要以此来感谢上帝所做的一切。他回应了我的祈祷,现在你就是上帝派给我的最亲爱的宝贝,我心爱的安娜。"

他们的房子位于马戏巷,周围密织着一条条胡同和土路,蜿蜒穿过第二普查区的中心。这里是全城最古老的区域,我以前只来过一两回。拾荒者在这一带没什么油水可捞,而且我总担心自己会在迷宫般的街巷里走失。这里大多数房子都是木质的,因而产生了一些怪异的效果。这里没有被风化的砖块和崩裂的石头,自然也没有高高低低的碎石堆和洋洋洒洒的灰尘,相反,这里的一切都在倾斜、下垂,仿佛被自身的重量压垮了,慢慢地弯到了地上。如果说其他地方的建筑是在逐渐剥落成碎片,这里的建筑则是在干枯萎缩,就像没了力气的老人,再也站不起来的关节炎患者。许多房顶都已经塌陷，木瓦也烂得像海绵一样，到处都可以看到整座整座的房子向相反的两个方向倾斜，像巨大的平行四边形那样摇摇欲坠——那么岌岌可危，好像只要用手指一碰，或者轻轻吹一口气，就能让它们轰然倒塌。

不过，伊莎贝尔住的却是砖楼。一共有六层，每层有四间小公寓，幽暗破旧的楼梯踩上去摇摇晃晃，墙上的油漆也已经剥落。蚂蚁和蟑螂旁若无人地爬来爬去，整个地方弥漫着变质食物、脏衣服和灰尘的臭味。不过，建筑本身似乎挺坚固，我真没想到自己会有这么好的运气。你看境遇转变得多快啊。如果来这之前有人告诉我，你以后会住在这个地方，我绝不会相信。可现在我却觉得自己真有福气，仿佛捡了一个大便宜。说到底，肮脏和舒适都只是相对的概念。虽然我来这个城市才三四个月，却欣然把这里当成了我的新家，一点都不发怵。

当伊莎贝尔宣布我要搬来和他们一起住时，费迪南德没怎么吭声。从策略上讲，我觉得她的做法是正确的。她没有请他同意我留在这里，只是通知他，以后这个家里就有三个人了，而不再是两个。由于费迪南德很久以前就已经把所有日常事务的决策权都让给了妻子，所以他要想在这个方面维护他的权威，就等于默认了自己应该在其他方面承担更多的责任。伊莎贝尔也没有像之前跟我说的时候那样把上帝牵扯进来。她只是轻描淡写地描述了事情的经过，告诉费迪南德我是怎么救了她一命，以及时间和地点，没有添油加醋。费迪南德默默听她讲，假装心不在焉，不时偷瞄我一眼，但基本上都是望着窗外发呆，仿佛事不关己。伊莎贝尔说完后，他似乎考虑了一会儿，然后耸了耸肩。他第一次直视着我，说："你真会添乱。这老不死的死了才好呢。"然后，不等我回答，他便回到房间角落的椅子上，继续制作他的微缩船模了。

其实，费迪南德并没有我以为的那么坏，至少刚开始不是。确实，他这个人不太好相处，但也并没有我想的那么凶神恶煞。他的坏脾气是间歇性的。他会突然暴跳如雷，但来得快去得也快，大多数时候都闭口不言，顽固地拒绝同任何人讲话，像个凶恶的怪物一样躲在他的角落里闷闷不乐。费迪南德长得很丑，又没有别的特质能让你忘掉他的丑——整个人缺乏魅力，也不慷慨，毫无可取之处。他骨瘦如柴，弯腰驼背，长了一个大鹰钩鼻，秃了一半。硕果仅存的头发蓬乱不堪，怒气冲冲地刺向四面八方。皮肤有种病态的苍白——一种出奇的白，加上他的胳膊、腿和胸口上都长满了黑毛,就显得更白了。他从不刮胡子,衣衫褴褛,脚上从不穿鞋,所以看上去就像个漫画版的沙滩流浪汉。仿佛他对船模的痴迷,让他扮演起了一个被困在荒岛上的人。也或许正好相反。他已经被困在了岛上,然后才开始建造船只,以表达内心的痛苦——就像一个秘密的求救信号。但这并不意味着他觉得会有人回应他的呼救。费迪南德哪里也去不了了,他自己知道这一点。有一次,他心情好的时候,曾经向我坦陈他已经四年多没有踏出过这间公寓了。"外面到处是死亡,"他指着窗外说,"水里有鲨鱼,还有能把你囫囵吞下去的鲸鱼。我的建议是,紧靠海岸航行,尽可能多地发出烟雾信号。"

不过,伊莎贝尔并没有夸大费迪南德的天赋。他的小船确实是了不起的工艺品,制作精美,设计和组装巧夺天工,只要有足够的材料——木料、纸片、胶水、绳子,偶然捡到的瓶子——他就会专心致志地投入到工作中去,根本没空在家里挑事儿。我慢慢发现,和他相处的最好方式就是假装他不存在。一开始,我曾想尽办法来证明自己和平共处的意图,但费迪南德是如此内外交困,如此厌恶自己和周围的世界,所以我没讨到什么好。好声好气地跟他说话毫无意义,他多半还会理解成威胁。比如说我有一次犯的错误，我大声赞美他的船模，说他要是愿意卖掉这些船，肯定能赚很多钱。结果，费迪南德勃然大怒，从椅子上跳起来，开始踉踉跄跄地绕着房间走，还在我面前挥舞他的小刀。"把我的舰队卖了！"他喊道，"你疯了吗？除非你先杀了我。我一条都不卖——永远不会！这是要造反，就是这么回事。暴乱！你再多说一个字，我就让你走跳板！"

除此之外，他唯一的爱好似乎就是抓房间墙壁里的老鼠。夜里，我们可以听到它们在里面跑来跑去，啃噬着任何还能找到的残羹冷炙。有时吵得我们都睡不着觉，可它们偏偏又特别狡猾，很不容易抓住。费迪南德用铁丝网和木板做了一个小捕鼠器，每天晚上，他都会尽职尽责地往里放一块诱饵。这个捕鼠器不会把老鼠弄死。它们一爬进去吃东西时，身后的门就会关上，将其困在笼中。这种事一个月只会发生一两次，但在每个醒来后发现抓到了老鼠的早晨，费迪南德都会高兴得发疯——在笼子周围拍着手跳来跳去，还从鼻子里发出兴高采烈的哼笑声。然后，他会揪住老鼠的尾巴，然后，慢条斯理地，放在炉火上烤。那场面看着真是骇人，老鼠在火上扭来扭去，拼命地吱吱叫，可费迪南德就站在那里，全神贯注地做着手头的事，边咯咯笑着边嘟囔什么吃肉的乐趣。烤好之后,他会宣布,船长的专供早宴好了,然后咔嚓、咔嚓,脸上带着恶魔般的笑容,连皮带肉地把那东西吃掉,一边嚼,一边小心翼翼地吐骨头。接着,他会把骨头放到窗台上晾干,用作船模的零件——桅杆、旗杆或者鱼叉。我记得有一次,他把老鼠的肋骨拆开,做成了一艘帆船的桨。还有一次,他把老鼠的头骨做成了艏饰像,安在一艘海盗帆船的船头上。我不得不承认,那是一件漂亮的小作品,即使看着它让我觉得很恶心。

天气好的时候,费迪南德会把椅子搬到窗前,打开窗户,把枕头放到窗台上,一坐就是几个小时,探着身子,双手托住下巴,观察楼下的街道。没有人知道他在想些什么,因为他一句话都不说,但时不时地,比如呆坐了一两个小时后,他会开始用恶狠狠的口气,吐出一连串火药味儿十足的胡言乱语。"把他们都磨碎。"他会脱口而出,"挫骨扬灰。猪,全都是猪!想把我摇下来,我羽毛华丽的敌人,你们永远也抓不到我。虚张声势罢了,我在这里很安全。"前言不搭后语,仿佛是他血液里积聚了什么毒药,现在变成了话语,正一句接一句从他嘴里喷出来。他会这么骂骂咧咧地咆哮上十五到二十分钟,然后,突然,毫无征兆地，他会再次沉默下来，好像心里的风暴突然平静了一样。

我在那里住的几个月里，费迪南德的船越做越小。最开始是在威士忌酒瓶和啤酒瓶里，接着是止咳糖浆的瓶子和试管，后来又成了空香水瓶，到最后，他做出来的船几乎要用显微镜才能看清楚。这种活计实在让我匪夷所思，但费迪南德似乎乐此不疲。船越小，他就越着迷。有一两次，我早上醒得比平时要早一些，亲眼看到费迪南德坐在窗前，像一个六岁小孩一样，手里捏着一只小船在空中挥来挥去，驾驶着它在幻想的海洋中行进，用不同的声音喃喃自语，仿佛在扮演他发明的游戏里的各个角色。可怜又愚蠢的费迪南德啊。"越小越好，"一天晚上，他向我吹嘘他的艺术成就，"总有一天，我要做出一只小到谁都看不见的船。到时候，你就明白我是什么人物了，自作聪明的小贱货。一只小到谁都看不见的船！他们会为我写本书，我会名扬天下。那时候你就知道我的厉害了，你这个恶毒的小荡妇。绝对会让你大吃一惊。哈哈！你绝对想不到！"

我们住的房间中等大小，大约十五英尺宽，二十英尺长。里面有一个水槽、一台便携野营炉、一张桌子、两把椅子——后来有了第三把——屋子一角放着个夜壶，被一张薄床单和房间其他部分隔开。费迪南德和伊莎贝尔是分开睡的,各占房间一角,我则睡在剩下的那个角。那里没有床,我只能把折叠的毯子垫在身下,直接睡地板,但我并没有觉得不舒服。与之前露宿街头的几个月相比,我现在舒服得很。

我的出现让伊莎贝尔轻松了不少,有一段时间,她的体力似乎恢复了一些。之前,所有的事都是她一个人在做——到街上拾破烂,去复活代理人那里换钱,去市立市场买食物,回家做饭,早上起来倒夜壶——现在至少有人能替她分担一些压力了。最初的几个星期里,我们做什么都在一起。现在回头看去,可以说那是我们最幸福的一段时光:每天太阳还没出来,我们就上街,在宁静的黎明中,漫步于周围荒僻的小巷和宽阔的林荫大道。那时正值春天,我记得应该是4月下旬,天气好得让人不敢相信,好到让你觉得以后再也不会下雨、严寒与大风也永远消失了。我们只带一辆手推车上街,另一辆留在家里。我会慢慢地推着车,跟着伊莎贝尔的步调,等待她搞清楚方向,判断在周围找到东西的可能性。她之前讲的自己那些事全都是真的,她在这类工作上确实天赋异禀,即使是在身体虚弱的情况下,她也不逊色于我见过的任何拾荒者。有时候,我甚至觉得她是个魔鬼，或者一个彻头彻尾的巫婆，是用魔法找东西的。我总是叫她解释一下她是怎么做到的，但她也说不出个所以然。她会停下来，认真地思考一会儿，然后泛泛地说些要坚持到底、不要放弃希望之类的话——实在是语焉不详，对我一点帮助都没有。就算我最终从她身上学到了什么，那也不是听来的，而是看来的，就像学会一门新语言一样，是那种潜移默化的掌握。我们出门前什么都不想，然后漫无目的地走，直到伊莎贝尔的直觉告诉她该去哪里，我就一路小跑去找，留下她保护手推车。考虑到当时街上物资的短缺，我们的收获可以说是很大了，反正足以让我们继续活下去，而且毫无疑问，我们合作得非常好。不过，上街时我们不怎么说话。因为这很危险，对此，伊莎贝尔已经警告我很多次了。什么都不要想，她说，让自己和街道融为一体，假装你的身体不存在。不要思考；不要悲喜；除了街道，脑子里什么都不要有，放空自己，全神贯注于你要走的下一步路。在她给我的所有建议中，这是我能理解的唯一一条。

但是，即便有我帮忙，每天能少走很多英里的路，伊莎贝尔的身体还是日渐虚弱。一点一点地，她越来越难以应付户外工作，没法长时间站立和走动。终于，一天早上，她连床都下不来了，腿疼得太厉害了，我只好一个人出门。从那天起，我承担起了所有的工作。

这些都是事实，我会一条一条都告诉你。我接过了家里的日常事务。我成了管家的人，包办一切的人。我觉得你肯定会笑。你还记得我以前在家里是什么样吧：有厨师，有女佣，每周五都会被叠好、放进我的衣柜抽屉里的干净衣服。我连一根手指都不用抬。整个世界都被直接交到了我手上，而我从来没有质疑过：钢琴课，艺术课，到乡下的湖边过暑假，和朋友出国旅行。但现在，我成了一名苦工，成了这两个人唯一的支柱，要是在以前，我甚至都不可能认识他们。伊莎贝尔，有着狂热的纯洁和善良；费迪南德，则漂泊在粗鄙、狂乱的怒海中。这一切都太奇怪了，太不可思议了。但事实是，伊莎贝尔无疑救了我的命，就像我救过她一样，所以我从来都没想过不去尽我所能地照顾他们。我从一个他们在街上捡回家的流浪儿变成了立在他们与彻底毁灭之间的唯一屏障。如果没有我，他们连十天都撑不过去。我不是在吹嘘自己做了什么，但在我的人生中，这确实是第一次有人依赖我，而我也并没有让他们失望。

一开始，伊莎贝尔还坚持说自己没事，休息几天就好了。"别担心，我很快就能恢复过来，"我早上离开时，她会跟我这么讲，"只是暂时不太舒服而已。"但这个幻想很快就破灭了。几个星期之后，她的病情还是未见起色。到仲春时，我们俩都已经心知肚明，她再也不会好起来了。当时最大的打击是我不得不把她的手推车和拾荒证卖给第四普查区的一个黑市商人。这么做就等于承认了她已经病入膏肓，但是我们别无选择。那辆手推车就那么日复一日地放在家里，谁都用不到，可我们当时又急着用钱。和之前一样，把车卖掉的建议是伊莎贝尔自己提出来的，但这并不意味着她心里就不难受。

那之后，我们的关系发生了一些变化。我们不再是平等的搭档，而且因为我担负了额外的工作，她感到十分内疚，所以对我产生了强烈的保护欲，几乎歇斯底里地关心着我的安危。我独自拾破烂后不久，她成天动员我改变一下外貌。我太漂亮了，不适合天天到街上跑，她说，得想办法解决一下。"你每天早上就这么出门，我看着可受不了，"她解释道，"年轻姑娘现在经常会遭遇可怕的事，可怕到我都不敢提。哎，安娜，我亲爱的孩子，如果现在失去你，我永远都不会原谅自己，我会当场死掉。现在不是臭美的时候，我的小天使——你必须把这些统统抛弃。"伊莎贝尔对自己讲的话深信不疑，说着说着便哭了起来，我心里明白，与其和她争论，还不如顺着她。说实话，我很难过。但是，我确实目睹过一些她不敢提的事，因此也没法反驳她。首先要抛弃的是我的头发——太让人难受了。我费尽全力才忍着没哭出来，伊莎贝尔一边给我剪头发，一边告诉我要勇敢，可她自己却一直在颤抖，差点就要号啕大哭、释放出某种阴郁的母性悲伤，但她这样反倒让整个场面变得更难过了。当然，费迪南德也在场，坐在角落里抱着胳膊，残忍地作壁上观。我的头发掉到地上时，他大笑起来，随着它们一点点掉在地上，他说我越来越像女同性恋了，伊莎贝尔自己的阴道现在都干得跟木头似的了，才想起来改造我，这不是很搞笑吗。"别理他，我的天使，"伊莎贝尔在我耳边不停地说，"别听那个怪物说的。"但是，你很难不听他的话，很难不被他那恶毒的笑声影响。伊莎贝尔终于剪完了，她递给我一面小镜子，让我看一眼。一开始的几分钟实在吓人。我看起来太丑了，丑得我都认不出自己了，就好像我变成了另一个人。我到底怎么了？我心想。我这是在哪里？就在这时，费迪南德再次狂笑起来，那种恶意满满的狞笑。我实在受不了了，把手中的镜子朝屋子对面扔过去，差点砸到他脸上。镜子擦过他的肩膀撞在墙上，碎了一地。费迪南德目瞪口呆，愣了一会儿，似乎有些难以置信，然后，他转头看伊莎贝尔，浑身颤抖着，气急败坏、几近歇斯底里地吼道："你看见没有？她想杀了我！这个婊子要杀了我！"但伊莎贝尔可不会同情他，几分钟后，他终于闭嘴了。自那之后，他再也没有提起过这件事，也没有再评论过我的头发。

最终，我慢慢习惯了新发型。让我烦心的其实只是这个想法本身，但真正剪完之后，我觉得看起来也不算太糟糕。说到底，伊莎贝尔本来也没打算把我改造成男孩的模样——没有变装，没有假胡子——只是想让那些女性特征，或者用她的话来讲，让那些"凸起"的部分，看起来不那么显眼而已。反正我从来也不像个假小子，现在装也装不像。你还记得我的口红和夸张的耳环，记得我的紧身裙和短裙摆吧。我一直很喜欢打扮得像个荡妇，从我们小时候起就这样。伊莎贝尔只是希望我尽可能地不要引人注目，确保我走在街上不会招人回头罢了。所以，剪完头发之后，她给了我一顶鸭舌帽、一件宽松的夹克、一条羊毛裤子和一双耐穿的鞋——都是她最近买给自己的。鞋子太大了，不过多穿一双袜子似乎就不会磨出水泡了。我的身体被裹在这套行头里，胸和屁股基本上都藏了起来，没剩下多少值得垂涎的东西。需要有很强的想象力才能看到里面真正的样子，可在这个城市里，如果说有什么东西十分紧缺的话，无疑就是想象力了。

  我的日子就那么过着。一大早起床出门，一整天都在街上，到了晚上才回家。我忙得无暇思考太多事，累到无力抽身自省、设想未来，每天吃完晚饭，都只想瘫在我的角落里沉沉睡去。不幸的是，镜子风波改变了费迪南德，我们的关系越来越紧张，几乎到了无法忍受的程度。再加上他现在不得不和伊莎贝尔一起待在家里——这剥夺了他的自由和独处时光——所以只要我出现在他身边，就会成为他关注的焦点。我指的不只是他的牢骚，也不是他没完没了地嘲讽我挣了多少钱或者带了什么食物回家。不，这些都是意料之中的事。真正的问题要更险恶，隐藏在这一切背后的怒火才更可怕。我突然成了费迪南德唯一的出气筒、他逃避伊莎贝尔的唯一渠道，而且由于他蔑视我，由于我的存在本身对他来说就是一种折磨，所以他会挖空心思地不让我好过。简直到了故意毁掉我的生活的地步，逮着机会就找我的茬，对我百般刁难，我躲都躲不及。我早就知道事情会朝什么方向发展，但我依然对此毫无准备，也不知道能怎么保护自己。

你了解我的。你知道我的身体需要什么、不需要什么，知道里面潜藏着什么样的狂暴与饥渴。即便到了这种地方，那些东西也不会消失。当然，在这里很少有机会去胡思乱想，走在街上时，你必须时刻严阵以待，不能有一丝一毫的杂念——但是，你总有一个人待着的时候，比如夜里躺在床上，周围的世界一片漆黑，你就会忍不住去幻想各种各样的情景。我不否认，我自己待在那个角落时特别孤独。这种事有时能把你逼疯。你的内心有一种痛，一种可怖的、吵闹的痛，要是你不想办法解决，它便永远不会停止。上帝知道我有多想掌控自己啊，但有时候真是忍不下去，有时候我感觉心都要炸了。我会闭上眼睛，告诉自己快睡觉，但我的脑子却乱作一团，不断抛出我在刚过去的一天中看到的各种景象，用混乱的街道和人体来嘲讽我，再加上费迪南德那挥之不去的辱骂的添乱，根本不可能睡得着。唯一有效的办法似乎就是自慰了。请原谅我如此直白，但我觉得拐弯抹角没什么意义。对于我们所有人来说，这都是司空见惯的办法了，况且在这种情况下，我也没有多少选择。我会不由自主地开始抚摸自己的身体，假装我的手其实是别人的——用手掌轻轻抚摸我的肚子、大腿内侧，有时候甚至抓着自己的屁股不停地揉捏，就好像有两个我，正紧紧拥抱在一起。我知道这不过是一场可悲的小游戏，但我的身体仍然会对这些小伎俩有所反应，最终，我会感到下体慢慢潮湿起来，接下来就是右手中指的事了。结束之后，倦意就会钻进我的骨头，扯下我的眼皮，直到我沉沉睡去。

这些可能都还好。问题是，在那么局促的空间内，发出哪怕最轻微的声音都是危险的。有几个晚上，我肯定是一时大意了，肯定在关键时刻舒了口气或者哼出了声。我之所以这样说，是因为我很快便发现，费迪南德一直在偷听。满脑子龌龊思想的他，没多久便猜到了我在干么。渐渐地，他的辱骂越来越带有性意味——一连串的性暗示和恶心的挖苦。前一分钟，他会骂我是满脑子淫念的小娼妇；后一分钟，他又会说没人会想碰我这种性冷淡的怪物——这些相互矛盾的咒骂从四面八方向我袭来，丝毫没有缓和的迹象。整件事从头到尾都污秽至极，我很清楚，再这么继续下去，我们都不会有好下场。一颗种子已经种在了费迪南德的脑子里，根本没有办法把它挖出来。他正在积蓄勇气，准备采取行动。每一天，我都会发现他比前一天更大胆、更自信、更加坚定地执行着他的计划。我曾险些在马尔登大道上被收费站的人欺负，但那是在外面，我可以从他手中逃掉。回家就不一样了。公寓那么小，无论发生什么事，我都只能被困住。除了再也不睡觉以外，我实在不知道还能有什么办法。

当时是夏天，我忘记是几月份了。我只记得酷热难耐，漫长的白天里，血液仿佛都要沸腾了。到了夜晚，又闷热无风。太阳快要落山了，可炽热的空气依然笼罩着你，弥漫着令人窒息的味道。正是在这样的一个夜晚，费迪南德终于行动了——他四肢着地、一寸一寸地穿过房间，自以为神不知鬼不觉地爬向我的床。但不知为什么，到现在我也没搞清楚的是，他一碰到我，我的所有恐惧反而全都散去了。先前我一直躺在黑暗里装睡，不知道是该和他搏斗还是大声尖叫。可现在，我突然意识到，这两样都不用做。费迪南德把手放在我的乳房上后，发出了一声窃笑，得意而又卑贱，只有那种事实上已经死掉的人才会发出这种声音，那一刻，我清楚地意识到了自己会怎么做。这种前所未有的感受中，有一种深刻的确定感。我没有挣扎，没有叫喊，没有用任何我还能感觉到属于自己身体的部位做出反应。似乎一切都不重要了。我真的是指一切。我内心的那种确定性，已经摧毁了其他一切。费迪南德碰到我的那一刹那,我就知道我会杀了他,那种确定性是如此强大,不可抑制,以至于我几乎都想停下来跟他讲清楚,好让他明白我对他的看法,以及他为什么死有余辜。

他在地铺边上躺下来,身体慢慢凑向我,开始用他粗糙的脸在我脖子上蹭来蹭去,还低声对我说,他果然没看错我。是啊,他要干我,是的,我会喜欢的,每一秒都会喜欢。他的呼吸散发着一股晚饭时刚吃过的牛肉干和芜菁的味道,我们俩都浑身是汗,豆大的汗珠流个不停。房间里的空气纹丝不动,令人窒息。他每次摸我时,我都能感觉到咸咸的汗水从我的皮肤上滑落。但我没有制止他,只是无力而冷漠地躺在那里,一声不吭。过了一会儿,他开始有些忘形了,我能感觉到他在摸索我的身体。然后,等他爬到我身上时,我把手指放在了他的脖子上。刚开始,我很轻柔,假装是在和他调情,仿佛我终于拜倒在了他的魅力之下,他那令人无法抗拒的魅力,因此,他一点都没起疑。接着,我开始用力掐,他的喉咙里发出了小而尖厉的嘶声。我在开始用力的一瞬间,突然感到了一种无边的快乐,一种喷涌而出、无法抑制的狂喜。就好像我已经跨过了某种内在的门槛,世界一下子就变得不一样了,成了一个简单到无法想象的地方。我闭上眼睛,觉得自己就像是在广阔的天空中飞翔，穿行在无边无际、繁星点点的漆黑夜空中。只要我紧紧掐住费迪南德的喉咙，我便自由了。我已经超越了地心引力，超越了黑夜，超越了自己的思想。

但接下来发生的事却奇怪至极。就在我清楚地意识到，再多掐几分钟，就能把事情搞定时，我松开了手。这与软弱无关，与怜悯也无关。我的手就像铁打的一样，死死地扼住费迪南德的喉咙，任他怎么扭动挣扎都不会松懈。但实际情况是，我突然意识到了自己的那种快感。我不知道怎么形容，但就在最后，就在我躺在酷热难耐的黑暗中一点点地把费迪南德的生气挤光时，我意识到，我杀他不是为了自卫——我杀他纯粹是为了快感。可怕的意识，可怕到不能再可怕的意识。我放开了费迪南德的喉咙，用尽全力将他从我身上推开。我现在只觉得恶心，只觉得愤怒和痛苦。我停不停手几乎已经没了意义，不过是多掐几秒或者少掐几秒罢了。但现在我明白了，我并没有比费迪南德好到哪里去，并没有比任何人好到哪里去。

费迪南德的肺部发出了一种巨大的呼哧声，悲惨得都不像人声，倒像是驴叫。他在地板上扭来扭去，双手抓着喉咙，胸口惊慌失措地一起一伏，拼命地大口喘着气，唾沫星子乱飞，咳嗽不止，还有干呕，浑身上下一塌糊涂。

"现在你懂了吧,"我对他说,"现在你知道自己是在跟谁做对了吧。下次你要是再敢动这种心思,我可就不客气了。"

我甚至都没等他完全恢复过来。反正他死不了,这就够了,已经很开恩了。我匆忙穿上衣服,离开公寓,走下楼梯,遁入夜色之中。这一切发生得太快了。我意识到,整件事从开始到结束其实只有几分钟。而伊莎贝尔一直都在沉睡。这简直是个奇迹。我差点就要了她丈夫的命,可她在床上甚至连个身都没翻。

我漫无目地游荡了两三个小时,回到公寓时已经快四点了,费迪南德和伊莎贝尔仍然在各自的角落里睡着。我估计要到六点时,疯狂的场面才会开始:费迪南德怒气冲冲地在房间里转来转去,挥着胳膊,唾沫横飞,控诉我的一项项罪状。这是迟早的事情。我唯一拿不准的是伊莎贝尔会作何反应。直觉告诉我,她会站在我这边,但我不敢肯定。你永远无法确定在关键时刻人们会忠于哪一方,在你最意想不到的时候又会冒出什么样的冲突。我尽量做好了最坏的打算——明白如果不走运的话,我当天便会再次流落街头。

跟往常一样,伊莎贝尔是第一个醒的。起床对她来说不是件容易的事，因为她的腿通常在早晨疼得最厉害，所以她往往要花上二三十分钟，才能鼓足勇气站起来。那天早上，她痛得尤其厉害，在她慢慢积攒勇气的时候，我像往常一样在公寓里转来转去，努力装作什么事都没有发生：烧水、切面包、摆餐具——一切照旧。大多数早上，费迪南德都会睡到非起不可的时候，闻到炉子上煮着粥才会起床。所以现在我们都没理会他。他的脸冲着墙，从种种迹象来看，他只是固执地要比平时再多睡会儿罢了。考虑到他前一天晚上的经历，这似乎也情有可原，所以我没有再多想。

然而，他的沉默变得越来越惹人注意。伊莎贝尔和我都完成了各自的任务，准备坐下来吃早餐。通常，我们中总有一个已经把费迪南德叫起来了。但偏偏在这天早晨，我们谁都没有吭声。空中似乎盘旋着一种不情不愿的诡异气氛，过了一会儿，我开始意识到，我们都在刻意回避这个问题，都决心要让对方先开口。当然，我保持沉默是事出有因，可伊莎贝尔的行为却是前所未有的。它的核心是一种怪诞的不安，还有一点蔑视和焦躁，仿佛她身上发生了某种难以察觉的变化。我不知道该怎么理解。或许我昨晚搞错了，我想。也许她当时是醒着的；也许她的眼睛一直睁着，目睹了那个肮脏事件的全过程。

"你还好吧，伊莎贝尔？"我问。

"是的，亲爱的。我当然好了。"她给我了一个看起来疯狂而又天真的笑容。

"你不觉得我们该叫醒费迪南德吗？你也知道我们要是不等他就开吃，他会有什么反应。我们不想让他觉得我们要昧下他那份食物。"

"是啊，我也觉得，"她说着，轻轻叹了口气，"我只是很享受这一刻的相互陪伴。我们单独在一起的时间太少了。安安静静的房间有一种魔力，你不觉得吗？"

"是啊，伊莎贝尔，我也觉得。可我也觉得该叫醒费迪南德了。"

"你非要叫就叫吧。该来的总会来，我只是想把清算的时刻往后推一推而已。生活终究还是可以很美好的，即便是在这种时候。可惜的是，有些人却只想把它破坏掉。"

我没有回应她这些神秘兮兮的话。

显然有什么地方不太对，我开始猜测到底是什么。我走到费迪南德的角落，在他身旁蹲下，然后把手放到他的肩膀上。什么都没有发生。我摇了摇他的肩膀，看费迪南德还是没动，便把他翻了过来。在最初的一两分钟里，我什么都没看到。只有一种感觉，一阵突如其来的激动涌遍了全身。这人死了，我对自己说。费迪南德死了，而我正用自己的双眼看着他。直到这会儿，直到我对自己说出这几个字之后，我才真真切切地看清了他的脸：他的双眼从眼窝里鼓出来，舌头伸出嘴外，鼻子周围挂着干掉的血迹。费迪南德应该不会死啊，我心想。我离开公寓时他还活着，绝对不是我干的。我想把他的嘴合上，但他的下巴已经变僵，根本推不动。要想合上，就意味着得把他的颌骨弄断，可我又没有那么大的力气。

"伊莎贝尔，"我轻声说，"我觉得你最好过来一下。"

"出什么事了？"她问。她的声音什么都没泄露，我拿不准她是不是早就知道我要让她看什么了。

"你自己过来看一下就知道了。"

和近来的情形一样，她不得不抓住椅子，撑着自己，慢吞吞地穿过房间。来到费迪南德的角落后，她又小心翼翼地坐回椅子上，停下来歇了口气，这才低头看向那具尸体。有好几分钟，她都只是死死地盯着它，没有流露出一丝一毫的情感。但接着，连个细微的动作或声音都没有，她突然就哭了起来——看起来几乎是无意识的，似乎只是泪水从她的双眼中涌出，顺着脸颊落下去。小孩子有时候就会这样哭——没有抽抽搭搭或者喘不上气来：水从两个一模一样的龙头里匀速流出。

"我觉得费迪南德再也不会醒过来了。"她说，仍然低头看着尸体。就好像无法挪开双眼，好像她的目光被永远锁定在了那个点上。

"你觉得是怎么回事？"

"只有上帝知道，亲爱的。我不敢妄加揣测。"

"他一定是在睡梦中死了。"

"是啊，你说的有道理。一定是在睡梦中死了。"

"你感觉如何，伊莎贝尔？"

"我不知道。现在说还过早。但这一刻，我觉得很快乐。我知道这么讲很恶劣，但我真的觉得很高兴。"

"这不恶劣。你和别人一样，也有资格享受一点安宁。"

"不，亲爱的，这很恶劣。但我控制不住。希望上帝能原谅我。我希望他能打心底地原谅我，不要因为我现在的感受而惩罚我。"

上午的其余时间，伊莎贝尔都在为费迪南德的尸体瞎忙活。她不让我帮忙，我就坐在角落里看她忙了几个小时。当然，给费迪南德穿什么衣服其实都没有意义了，但伊莎贝尔却非要这么做。她想把他恢复成多年以前的样子，被愤怒和自怜毁掉之前的样子。

她用肥皂和水清洗了他的身体，给他刮了胡子、剪了指甲，再给他穿上以前他在特殊场合才穿的蓝色西装。几年来，她一直都把这套衣服藏在一块松动的地板下面，担心费迪南德发现衣服藏在那里就会逼她拿去卖钱。这套衣服他现在穿着太肥大了，所以她只好在腰带上新打了一个孔，才把裤子固定在他的腰间。伊莎贝尔干这些时慢到不可思议，在每个细节上都吹毛求疵到令人抓狂。她一次都没停下来休息，也一直没加快速度，过了一会儿，我开始心烦了。我希望这事能赶紧弄完，但伊莎贝尔没注意我。她一门心思都在做自己的事，我都怀疑她知不知道我还在旁边。她一边做事，一边不停地跟费迪南德讲话，轻声责骂他，那喋喋不休的样子，就好像他还能听到她说话，就好像他能听到她讲的每一个字似的。他的脸上仍然是那副叫人毛骨悚然的死相，我觉得，他除了任她继续说之外，好像也没有别的选择。毕竟，这是她最后的机会了，而这一次，他根本没有办法叫她闭嘴。

她一直拖到快中午时才弄完——一会儿给他梳头发，一会儿又给他刷外套上的毛屑，摆弄来摆弄去，就跟打理洋娃娃似的。总算弄完以后,我们商量了一下该如何处理尸体。我建议把费迪南德抬下楼,扔在街上,但伊莎贝尔觉得这样太绝情了。她说,我们最起码也应该把他放在手推车里,送到城市另一头的转换中心。我提出了几条反对理由。首先,费迪南德的个头太大,而且推着车在大街小巷里走会很危险。我想象了一下手推车翻倒在地、费迪南德从车里掉出来,然后他和手推车都被秃鹫从我们手里抢走了的情景。更重要的是,伊莎贝尔现在的体力根本不适合这样的外出,我担心她真的会把自己累坏。出去跑一天的话,她那原本就很虚弱的身体会彻底垮掉,所以不管她怎么连哭带求,我都坚决不同意。

最终,我们勉强找到了一个方案。当时看着,那么做完全合理,不过现在回想起来,我却觉得有一丝怪异。犹豫了好久,我们决定把费迪南德拖到屋顶,然后推下去。我们的初衷是想让他看起来像个跳楼者。至少邻居会觉得费迪南德还残留着一些斗志,伊莎贝尔说。他们抬起头,看到他从屋顶上跳下来时,会对自己说,这个人起码有勇气掌握自己的命运。不难看出,她挺喜欢这个主意。我说,我们可以在脑海里假装我们是要把他扔进海里。水手死在海上时就是这么处理的:他会被兄弟们扔到海里。是的,伊莎贝尔很赞成。我们会爬到屋顶，假装自己正站在船的甲板上。空气是大海，地面是海底。费迪南德将获得一场水手式的葬礼，从此之后，他将属于大海。这个计划听起来特别合理，没什么好进一步讨论的了。费迪南德将葬身戴维·琼斯的箱子*，被鲨鱼们据为己有。

可惜，这事说起来容易，做起来难。我们的公寓在顶层，可是并没有楼梯通往楼顶。唯一的通道是一架狭窄的铁梯，直通楼顶上的一扇活动天窗——跟地板活动门差不多，只不过是从里面往外推。梯子大概有十二个横档，只有七八英尺高，但这仍然意味着要用一只手把费迪南德弄上去，另一只手抓着横档保持平衡。伊莎贝尔帮不上什么忙，所以我只能自己来干。我试了从下面推，然后又试了从上面拉，但我的力气似乎不够大。对我来说，他太重了，个头太大，太难搬了，再加上暑热难当，汗水老是往我眼睛里流，我实在不知道怎么才能做到。我开始琢磨，要是把费迪南德拖回公寓，然后从窗户上推下去的话，能不能达到类似的效果。当然，戏剧性要差一些，但就目前的情况来看，似乎是个合理的选择。然而，正当我要放弃时，

---

*　原文为 Davy Jones' Locker，水手黑话，意即海底。

伊莎贝尔想到了一个主意。我们可以用床单把费迪南德裹起来，她说，然后再用另一张床单捆在上面，用它当绳子把自制裹尸袋拉上去。这也不是件轻松的事，但至少我不用边爬边拉了。我爬上楼顶，一次一个横档地把费迪南德往上拉，伊莎贝尔则站在下面，调整裹尸袋的位置，确保它不被卡住，终于，尸体运达了楼顶。然后，我平趴下，把手伸到下面的暗处，帮伊莎贝尔也爬了上来。关于那期间我们的手滑脱了几次、有多少次差点酿成惨剧、紧紧抓住到底有多难，我实在不想多说了。等到她终于爬出天窗，一点点地爬到我旁边时，我们都已经筋疲力尽了，直接瘫倒在楼顶炽热的柏油表面上，有好几分钟都爬不起来，完全无法动弹。我记得我当时仰面躺着，抬头看着天，觉得自己快要从身体里飞出去了，费力地喘着气，感觉完全被耀眼又炙热的烈日压垮了。

那栋楼不是很高，但这却是我到这座城市以后，第一次离地面这么远。一股微风开始来回吹拂，等到我终于站起身来，俯瞰下面那乱哄哄的世界时，却惊讶地发现了大海——在城市的边缘，一条灰蓝色的光带正在远方闪烁。这样看到海洋是一件奇怪的事情，它对我的影响简直无法形容。自从来到这里，我第一次见到了证据，说明这座城市并非全部的世界，在它之外还有别的东西，除了这个世界，还有别的世界。那种感觉就像神启，像一股氧气涌进了我的肺里，光是想想这种可能性就几乎让我头晕目眩。我看到了连绵不绝的屋顶。我看到了转化中心和发电厂上空升腾起的烟雾。我听到了附近的一条街上传来的爆炸声。我看到了下面走路的人，小得都不像真人。我感觉到了吹在脸上的风，闻到了空气中的恶臭。一切看起来都很陌生，就当我站在伊莎贝尔旁边的屋顶上、依然累到说不出话来时，我突然觉得自己已经死了，就像穿着蓝色西装的费迪南德一样死掉了，就像那些在城市边缘被烧成烟尘的人一样死掉了。我的心里生出了一种长久以来没过的平静，事实上，几乎可以说是快乐，但又是一种难以理解的快乐，仿佛它与我完全无关。接着，莫名其妙地，我哭了起来——我是指真正地哭，胸口一起一伏，上气不接下气，肺里空气都被抽干一样——自从我不再是一个小女孩以后，就再也没有这么号啕大哭过。伊莎贝尔抱住我，我把脸埋在她的肩膀上，毫无缘由、撕心裂肺地哭了好久。我不知道那些眼泪是从哪里来的，但在那之后的几个月里，我都觉得自己像是变了个人。我继续生活和呼吸，从一个地方到另一个地方，但心中却总有一个念头挥之不去：我已经死了，没有任何东西能让我活过来。

后来，我们继续处理屋顶上的事。那时已经是傍晚了，柏油被晒到融化，变成了一层黏糊糊的厚垫子。费迪南德的西装在上梯子的过程中被弄得皱皱巴巴的，所以我们把床单解开后，伊莎贝尔又费了半天时间给他打理。一切妥当之后，终于要把他带到楼顶边上了，这时，伊莎贝尔又坚持说，我们应该把他立起来，不然这场戏就白做了。我们得制造出费迪南德跳楼的假象，她说，跳楼者可不是爬过去的，而是昂首挺胸地走到楼顶边沿的。这个逻辑无懈可击，所以我们只好又花了几分钟时间跟费迪南德毫无生气的尸体周旋，又推又拽，摇摇晃晃地把他竖起来。可以说，整个过程就像是一部令人毛骨悚然的喜剧。已经死透的费迪南德夹在我们中间，像个巨大的发条玩具一样晃来晃去——头发随风飘扬，裤子滑到了屁股上，脸上则依旧是那副惊恐万分的表情。我们搀着他往楼顶的一角走去，他的膝盖一直弯着，双脚拖在地上，等我们走过去时，他的鞋子都已经掉了。我们都不敢离边沿太近，所以也无法确定街上有没有人看到正在发生的事。走到离边沿一码远的地方，我们不敢再往前，便一起数数来协调动作，用力把费迪南德推了下去，然后立即往后倒，以防惯性把我们也顺带下去。他的肚子先摔在边沿上，稍稍弹了一下，接着便倒头栽了下去。我记得，我还专心去听了一下尸体摔在人行道上的声音，但除了我自己的脉搏，除了我的心脏在脑子里跳动的声音外，别的什么都没听到。这是我们最后一次见到费迪南德。那天我们都没有再上街，等到我第二天早上推着车出来去拾破烂时，费迪南德和他所穿戴的一切都已经消失了。

我一直陪伊莎贝尔走到了最后，经历了夏天和秋天，然后又过了一阵子——直到快要入冬了，寒风开始呼啸时。那几个月里，我们一次都没有聊到过费迪南德——他的人生，他的死亡，他的一切。我不太相信伊莎贝尔有杀他的力气或者勇气，但想来想去，这似乎是唯一合理的解释。我不止一次地想问她那天夜里发生了什么，但一直没有勇气张口。毕竟这是伊莎贝尔的事，除非她想聊，否则我觉得自己无权质问她。

但有一点是肯定的：他走了，我们谁都不觉得难过。楼顶仪式的一两天后，我把他的所有物品都收拾变卖了，包括那些船模和半管胶水，伊莎贝尔一个字都没说。对她而言，之后的日子本应充满了新的可能性，可惜事情没能往那个方向发展。随着健康状况的持续恶化，她根本没什么机会真正享受一下摆脱了费迪南德之后的人生。事实上，那天从楼顶下来以后，她再也没能出过公寓的门。

我知道伊莎贝尔快死了，但没想到会来得那么快。刚开始，她还只是走不了路，但接着，她的虚弱开始一点点地蔓延，到后来，不光是腿，她浑身上下都动不了了，从胳膊到脊椎，最后，甚至发展到了喉咙和嘴巴。这是硬化症的一种，她告诉我，治不好的。很多年以前，她奶奶就是得这种病死的，伊莎贝尔简单地称之为"垮掉"或者"瓦解"。我只能尽量让她过得舒服一些，别的什么也做不了。

但最糟糕的是我还得继续工作，每天得早早起来，穿梭在大街小巷，到处寻找能找到的东西。但我的心已经不在这上面了，越来越难找到值钱的东西。我总是慢自己半拍，脑子往这个方向，脚却往那个方向，总是无法快速有力地行动。一次又一次，我都被其他的拾破烂者抢了先。就在我要把东西捡起来时，他们似乎一下子从天而降，把东西从我身边抢走了。这就意味着，为了完成工作量，我外出的时间只能越来越长，但同时心里又不免纠结，觉得自己应该在家照顾伊莎贝尔。我一直担心，我不在家的时候她会出什么事，或者在我不在身边的时候死掉，光是这么想想，就足以让我不知所措，忘了手头要做的工作。但相信我，工作必须得做。不然我们俩都没饭吃。

到最后，伊莎贝尔已经动不了了。我尽可能把她好好安顿在床上，但由于她已经几乎无法控制自己的肌肉了，所以几分钟后，便会不可避免地又滑落下去。这些姿势的变化对她来说非常痛苦，连把自己压在地板上的体重，都让她觉得身体像着了火似的。但疼痛还只是一部分问题。肌肉和骨骼的衰竭，最终蔓延到了喉咙，这之后，伊莎贝尔失去了说话的能力。身体垮掉是一回事，但连发声能力也失去时，你会感觉好像整个人都不在了。她先是口齿不清——发音开始变得含混，辅音越来越微弱模糊，听起来逐渐接近元音。一开始，我没怎么留意，毕竟，我还有许多更要紧的事情得考虑，而且只要稍稍努力一下，就能听懂她的意思。但后来，情况越来越糟糕，我发现要理解她想说的话变得费劲了，但到最后总能搞明白，可随着时间的推移，难度越来越大了。然后，有一天早上，我意识到她已经完全说不出话来了。她呻吟着，发出咯咯咕咕的声音，努力想对我说些什么，但只能发出一些不连贯的声音，一种混沌无比的可怕噪音。唾沫沿着她的嘴角往下滴，她的嘴里不断发出那种声音，仿佛一首充满了无法想象的混乱与痛苦的挽歌。那天早上，听到自己的声音、看到我困惑不解的表情后，伊莎贝尔哭了起来。在那一刻以前，我从没为谁感到如此悲伤过。一点一点地，整个世界从她身边溜走，现在已经所剩无几了。

但这还不算是终点。有大约十天的时间，伊莎贝尔还有力气用铅笔写字来交流。一天下午，我从一位复活代理人那里买了一个蓝色封面的大笔记本。内页全都是空白的，要价很贵，因为好笔记本在城里非常难找。但无论价格多少，我都觉得很值。我和这个代理人之前打过交道——他叫甘比诺先生，一个住在中国街的驼子——我记得跟他拼命讨价还价，你来我往地僵持了近半个小时。我没能说服他降价，但他最后附赠了六支铅笔和一个塑料卷笔刀。

说来也怪，我现在写信用的就是那个蓝色笔记本。伊莎贝尔没用掉多少，最多五六页。她死后，我实在不忍心把它扔掉。出门在外时，我都会随身带着，从那以后，我一直随身带着它——蓝色笔记本、六支黄色铅笔、一个绿色卷笔刀。要不是前几天我在包里找到了它们，我觉得我可能就不会给你写信了。但看到本子还有那么多的空白页，我突然涌起了一种强烈的冲动，想要拿起铅笔，给你写这封信。现在，它已经成了我唯一重要的东西：终于能把我想说的话都说出来，趁现在还不晚，把一切都写下来。每每想到所有事情之间千丝万缕的联系，我便浑身颤抖。要不是伊莎贝尔没法说话，本子上也不会有这些字。也因为她再也不能说话了，所以另外一些话就从我这里冒出来了。我希望你能记住这一点。要不是因为伊莎贝尔，现在什么都不会有。我永远都不会动笔。

到头来，夺走她声音的东西，同样也夺走了她的生命。她的喉咙最后完全停止了工作，所以她再也无法吞咽了。从那时起，她便无法再吃固体食物，后来连水都咽不下去了。我只好在她的嘴唇上滴点水，防止嘴唇干裂。但我们都知道，死亡只是迟早的事，她什么东西都吃不进去，只能日渐消瘦，真的可以说是在一点点地饿死。就在临终前，还发生了一件不寻常的事，有一次，我坐在她身旁，用水给她润唇时，感觉伊莎贝尔在对我微笑。不过，我不敢完全肯定，毕竟那时她已经神志不清了，但我仍然愿意相信那是个微笑，虽然伊莎贝尔可能不知道自己在做什么。她一直为自己的病情感到抱歉，为事事都得依赖我感到惭愧。但事实是，她需要我，我也一样需要她。微笑之后——如果真是微笑的话——伊莎贝尔被自己的唾液呛住了。她实在咽不下去了，虽然我试图用手指把唾液清理出来，但还是有很多流进了喉咙里,很快,她便喘不过气来了。她当时发出的声音很可怕,但又如此微弱,仿佛完全放弃了挣扎,所以这一切并没有持续多久。

当天晚些时候,我从公寓里收拾出了一些东西,放到我的手推车里,去了第八普查区的进步大道。我的脑子一片混乱——我甚至还记得自己也意识到了这一点——但这并没能阻止我。锅碗瓢盆、衣物、床上用品,天知道还有什么——反正能拿走的我都卖掉了。把这些处理掉,对我来说是一种解脱,从某种意义上讲,代替了流眼泪的作用。你知道,自从那天在屋顶上哭过之后,我已经哭不出来了,现在伊莎贝尔死了,我只想砸东西,想把房子掀个底朝天。我拿着钱去了城市另一头的"臭氧景色",买了一条我能找到的最漂亮的连衣裙——纯白色的料子,领子和袖子上有蕾丝花边,腰上有一条宽宽的缎带——我觉得,伊莎贝尔要是知道这件衣服会穿在她身上,应该会很开心。

那之后的事情,我有点记不清了。我已经筋疲力尽了,你明白吧,脑子里一团糨糊。虽然你还睁着眼,但总是一会儿清醒,一会儿恍惚,搞得你都觉得自己不是自己了。我记得我把伊莎贝尔抱起来后,浑身开始颤抖,因为我能感受到她变得有多轻。她的骨头已经像羽毛一样，身体柔软、无力，就像抱着一个小孩。然后我来到街上，用手推车推着她穿过城市，我记得自己特别害怕，仿佛与我擦肩而过的每个人都在打量那辆手推车，琢磨着怎么攻击我、抢走伊莎贝尔穿着的那条裙子。那之后，我记得自己到达了第三转化中心的大门口，与很多人一起排队——然后，轮到我时，一名官员向我支付了标准的报酬。他也对伊莎贝尔的衣服格外注意，我都能看到他那肮脏的小脑袋里正打着小算盘。于是，我举起他刚刚给我的钱说，如果他答应把衣服和伊莎贝尔一起烧掉，钱可以退给他。他自然同意了——用一种心照不宣的粗俗眼神——但我无法知道他有没有说话算数。我觉得没有，这也是我不太愿意想这些的原因。

离开转化中心后，我应该是四处乱走了一会儿，浑浑噩噩的，根本没注意自己在哪里。后来，我在某个地方睡着了，可能是在别人家门口，但醒来后感觉并不比之前好多少，或许还更糟了。我考虑了一下要不要回公寓，但后来觉得我还没准备好面对。一想到要独自待着，回到那个房间，无所事事地坐在里面，我就觉得害怕。我想，也许再呼吸几个小时的新鲜空气能让我好受一点。接着，等到我稍微清醒了一些，慢慢意识到自己在哪里之后，却发现手推车没了。脐带还系在我腰上，但车已经不知去向。我在街上四处找，发狂一般从这个门口跑到那个门口，但还是没找到。要么是被我落在火葬场了，要么就是在我睡觉的时候被偷了。我的脑子当时就是这么混沌，根本无法确定到底是哪种情况。事情就这么简单。你只要一不留神，哪怕只有一秒钟没保持警惕，一切就都没了，所有的工作都会突然付之东流。那辆手推车是我活命的必要装备，现在却被我弄丢了。我也真是会自寻死路，拿刀片割喉也不过如此了。

这已经够糟了，但有意思的是，我似乎并不在乎。客观来讲，弄丢手推车确实是大难临头，但这也给了我一件暗自期待已久的东西：放弃拾荒的借口。我坚持拾破烂是为了伊莎贝尔，但现在她已经死了，我实在无法想象自己还继续干这一行。我人生的这个阶段已经结束了，现在我有机会踏上一条新的轨道，掌握自己的命运，好好活出个样子来。

我毫不犹豫地去了第五普查区，找了一个办假证的人，把我的拾荒许可证以十三格拉特的价格卖给了他。换来的钱足够我生活两三个星期了，但我既然已经决定前行，就不会在原地停留。我带着满脑子的计划回到公寓，算了算其他的日常物品还能卖多少钱。我一夜没睡，把东西都堆到屋子中间，翻箱倒柜，找出了壁橱里一切有用的物品，然后在大约凌晨五点时，还意外地从地板下伊莎贝尔藏东西的暗格里翻出了几样宝贝：一副银质刀叉、一本镶金边的《圣经》、一个装着四十八格拉特零钱的小袋子。第二天，我把能卖的东西分批塞进旅行箱里，走到城里去找各种复活代理人，卖完一批再回公寓拿下一批。算下来，我凑出了三百格拉特（刀叉换来的钱几乎占了三分之一），突然之间，我给自己筹到了足够支撑五六个月的生活费。考虑到当时的情况，这已经远远超出了我的预期。我觉得自己好有钱，简直像是登上了世界之巅。

不过，这样的好兴致没能持续多久。那天晚上，经历了一天的疯狂甩卖之后，我终于筋疲力尽地躺到了床上，可第二天清晨，天亮了还不到一个小时的时候，我被一阵响亮的敲门声吵醒了。在这种事上，人的反应速度真是快得离奇，但听到敲门声后，我的第一个念头就是，希望他们不会杀了我。还没等我站起来，那些人便破门而入，手里抓着棍棒等常见的武器。一共有三个人，我认出块头最大的两个是楼下冈德森家的儿子。消息传得可真快，我心想。伊莎贝尔死了才两天,邻居就等不及扑上来了。

"站起来,小姑娘,"其中一个说,"你该走了。只要你安安静静地离开,就不会受伤。"

真是太让人沮丧,太让人难以忍受了。"给我几分钟吧,我收拾一下行李。"我一边说,一边从毯子下爬出来。我尽可能地保持镇静,按捺着心里的怒火,因为我知道,哪怕一点反抗的迹象也会招来他们的殴打。

"好,"另一个人说,"给你三分钟。但只能带一个包走。把你的东西扔进去,赶紧滚。"

万幸的是,因为夜里气温骤降,我是穿着衣服睡的,所以免去了在他们面前穿衣服的羞辱,不过更重要的是——这一点最终救了我的命——我把那三百格拉特揣在了裤兜里。我不相信什么未卜先知,但我简直就像是预知了今天会发生什么一样。我往背包里装东西时,那几个歹徒一直紧紧盯着我,但他们没有一个聪明到怀疑我把钱藏在了哪里。然后,我以最快的速度,一步两级台阶地离开了公寓。从楼上下来后,我停住喘了口气,然后用力推开了大门。空气像锤子一样砸到我身上。外面寒风呼啸,把严冬灌进了我的耳朵,周围的各种东西被吹得乱飞,噼里啪啦地砸在建筑物上,滚过街道,像无数冰块一样四分五裂。我已经在这座城市待了一年多了,可什么事都没发生。我的口袋里是有些钱,但我没有工作,也没有住所。经历了这么多的起起落落之后,我又回到了原点。

不管你怎么想,事实都不会改变。你能进来,并不意味着你就能出去。入口不会变成出口,也没有任何东西能保证你刚刚走进来的那扇门等你回头去找时还在那里。这座城市就是这样。每当你觉得自己知道一个问题的答案时,就会发现那个问题根本没有意义。

我花了几个星期试图逃跑。起初,似乎存在很多可能性,有各种各样的方法可以让我回家,而且考虑到我手头还有些钱,我并没有觉得这会很难。当然,我想错了,但我花了一段时间才最终接受了这一点。我是坐着一艘外国的人道主义援助船来的,那么回去的时候也可以找一艘这样的船,这似乎是合情合理的。因此,我来到码头,完全做好了买通官员来预订一张船票的准备。然而,我一艘船都没有看见,就连我一个月前在那里见过的小渔船都不见了。取而代之的是挤满了工人的码头——我觉得有成百上千人,多到数不过来。一些人正从卡车上卸碎石瓦砾,一些人正把砖石搬到水边,还有一些人在打地基,似乎是要修筑巨大的海堤或防御工事。全副武装的警卫正站在码头上监督工人，整个码头都嘈杂喧闹、混乱不堪——发动机在轰鸣，人们在来回跑动，工头在大声下命令。后来我打听到，这就是所谓的"海堤工程"，新政府最近启动的一个市政工程项目。这里的政府更迭速度非常快，你很难跟上这种变化。这是我第一次听说这届掌权的政府，便问人修海堤干什么，他告诉我，是要防患于未然。外敌入侵的威胁越来越大，他说，作为公民，我们都有责任保护自己的家园。在伟大的某某的努力下——反正就是新领导人的名字——倒塌建筑物的废料正在被收集起来，用以修筑防御工事，这项工程还给成千上万的人带来了就业机会。他们给你们多少工资？我问。不给钱，他说，但是包住宿，每天还有一顿热饭。他问我有兴趣报名吗。不，谢谢，我说，我还有别的事。好吧，他说，反正要改主意的话，时间还很充足。政府预计，海堤至少需要五十年才能竣工。挺好的，我说，顺便问一句，要怎么才能离开这里呢？哦，那不行，他摇着头说，不可能了。船只已经被禁止入港——没船进来，自然也就没船出去。那飞机呢？我问。飞机是什么？他茫然地笑着问道，仿佛我刚刚讲了一个他没有听懂的笑话。飞机，我说，就是一种能在天上飞、把人从一个地方运到另一个地方的机器。胡说八道,他狐疑地看着我说。哪有这种东西。不可能的。你不记得了?我问。我不知道你在说什么,他说。你散布这种胡言乱语会招来麻烦的。政府不喜欢人们编故事。那会损士气。

你明白在这里要面对的是什么了吧。不光是事物会消失——一旦它们消失,与之有关的记忆也会消失。大脑中会形成黑暗的区域,你必须要不断地努力去回忆那些已经消失的东西,不然很快就会把它们忘得一干二净。我对这种病的免疫力并不比别人强,所以毫无疑问,我脑子里也有许多这样的盲区。某件东西消失后,要是过了很久才去回想,那无论你怎么努力都不可能再想起来了。毕竟,记忆并不受意志左右,而是一种不由自主的行为,所以在瞬息万变的情况下,你的大脑必然会衰退,必然会忘掉一些事。有时候,当我发现自己正在努力回忆某个已经被我忘记的想法时,思绪就会慢慢飘回以前在家的日子,想起小时候的生活,想起全家一起坐火车去北方过暑假的时光。哥哥威廉总会把靠窗的位置让给我,在火车驶过荒野的路上,我常常不和任何人说话,只是把脸贴在车窗上看外面的风景,观察天空、树木和水流。我总觉得那一切都很美,比城里的任何东西都美得多,每一年我都会对自己说,安娜,你从没见过比这更美的东西——努力记住它们,记住你看到的一切美好,这样的话,就算你再也无法见到它们了,它们也会永远陪伴着你。我觉得我从来没有比在北上的火车上更认真地观察过世界了。我希望那一切都能属于我,所有的美好都成为我的一部分,我记得我曾努力记住它们,努力把它们储存在我的脑海,以便我真正需要的时候还能想起来。但奇怪的是,那一切都没能留在我的记忆中。我费了那么大劲儿,但不知为什么,到最后我总会忘掉它们,唯一能记得的就只剩下我有多努力想回忆起它们。那些东西总是一晃而过,所以等到我看清时,它们早已飞出了我的脑袋,被更多我还没来得及看清便已经消失的东西所取代。我脑海中只剩下一片模糊,一片鲜艳、美丽的模糊。而树木、天空和水流——全都消失了。总是还没等我记住,它们就消失了。

因此,仅仅感到恶心是没用的。即使是在最好的情况下,人们也都会有健忘的倾向,更何况是在这种地方,每天有那么多东西从现实世界中消失,你应该能想象出有多少东西在被不停地忘掉吧。不过说到底,问题主要不在于人们忘了什么,而在于他们忘记的并不总是同一件事。这个人还记得的事,或许已经被另一个人永远忘记了,这就给相互理解制造了困难，一种无法逾越的障碍。比如，如果一个人不知道飞机是什么，你能怎么和他讨论飞机呢？这是一种缓慢但又无法避免的擦除过程。语言通常比实实在在的东西留存得更久，但到最后也会连同它们曾经唤起的种种画面一起消失。各种各样的物品都会消失——比如花盆、香烟滤嘴、橡皮筋——在一段时间内，即使你不记得意思，也还能认得这些词。但是渐渐地，这些词只剩下发音了，一堆随机的声门音和摩擦音，一场纷乱的音素风暴，最后完全沦为胡言乱语。对你来说，"花盆"这个词将会变得和"斯普澜蒂格"一样毫无意义。你的大脑能听到它，却无法理解它的意思，会觉得这个单词属于某种你不会说的语言。随着这类听起来像外语的字词越来越多，谈话会变得越来越辛苦。事实上，每个人说的都是自己的一套语言，而随着共识越来越少，人与人的交流也变得越来越困难。

我不得不放弃了回家的念头。我觉得，在到目前为止的所有遭遇中，这一个是最难接受的。那之前，我还自欺欺人地认为，只要我愿意，随时都可以回家。但是，随着海堤慢慢筑起，还有那么多人被动员起来阻止别人离开，这个自我安慰的想法也被击碎了。先是伊莎贝尔去世，接着我又失去了公寓。我唯一的慰藉，便是回家的念想，可现在连这一点也被剥夺了。来到这座城市以来，我第一次陷入了悲观的汪洋。

我考虑过要不要去试试相反的方向。小提琴手护城墙在城西，据说只要有通行证就可以从那里出去。我觉得，去哪里都比待在这座城市好，哪怕是未知的地方，但在几个政府机构之间来回奔波数次、日复一日地排队等待却被告知我的请求归另一个机构管之后，我最终了解到，通行证的价格已经涨到了二百格拉特。这肯定不行，因为这意味着我得用掉一大半资金。我听说有一个地下组织，只要这个价格的十分之一，就可以把人偷运出城，但许多人都觉得这实际上是一条诡计——新政府设下的巧妙圈套。他们说，隧道的另一头安排了警察，你一从那边爬出来就会立即遭到逮捕——然后迅速被遣送到南部矿区的强制劳改营。我无法证实真假，但以身试法似乎不太值得。接着，冬天就到了，这个问题只能先搁置。任何离开的想法都只能等到春天——当然，前提是我能坚持到那时候。在目前的情况下，似乎没有什么会比这一点更难以预料了。

那是我记忆中最寒冷的一个冬天——大家称之为"可

怕的冬天"——即使到现在,多年之后,它仍然是这个城市历史上的一个重要事件,是一个时期和另一个时期的分水岭。

严寒一直持续了五六个月,期间时不时会出现一次短暂的解冻期,但气温的骤然上升反倒制造了更多的麻烦。雪会连着下一个星期——那种大到让人睁不开眼、将整座城市彻底变成一片白的暴雪——接着太阳会出来,像炎夏时那样短暂地暴晒一会儿。雪会化掉,到下午三点左右,街道上便开始发大水了。湍急的水流溢出了排水沟,环顾四周,处处都是水和光在疯狂闪烁,仿佛整个世界都变成了一块正在熔解的大水晶。但接着,突然间,天会黑下来,夜晚会降临,温度会再次降到零度以下——瞬间将水冻成各种奇形怪状的冰:块状的、涟漪状的、涡纹状的、卷成半波浪状的,就像某种疯狂地质构造的微缩版。当然,到了早上,走路几乎成了不可能的任务——人们动不动就会滑倒,脑袋磕到冰上,身体在光滑坚硬的冰面上徒劳地扑腾。然后,雪又会开始下,如此往复。这种情况持续了好几个月,到结束时,已经有成千上万的人死去了。对于无家可归的人来说,活下去几乎不可能,但就算是那些有吃有住的人,也死了不少。老旧的建筑被积雪压塌,很多家庭一家老小都被活活压死了。寒冷的天气把人们逼到发疯，到最后，整天坐在一间没有暖气的公寓里也并不比待在外面好多少。人们会砸烂家具来生火取暖，但火情经常失控。几乎每天都有建筑物被烧毁，有时整条街、整片区域都难逃一劫。每当有火灾发生时，大量无家可归的人就会涌到现场，站在那里，直到建筑物被烧毁——尽情地享受温暖，在火焰冲向天空时，他们还会欢呼雀跃。城里的每棵树都在冬天时被砍掉当柴烧了。所有的家养动物都消失了，所有的鸟被猎杀了。粮食出现了严重短缺，以至于海堤的修建工作都不得不中止了——距离开工仅有六个月——因为所有可用的警力都被派去保护运到市立市场的农产品了。但即便如此，期间还是发生过几次食品暴动，导致了更多人死亡，更多人受伤，更多的灾难。没人知道那年冬天到底死了多少人，但我听说，可能四分之一到三分之一的人都死了。

不知怎的，我的运气竟然没用光。11月底，我差点在托勒密大道上发生的食品暴动中被逮捕。那天和往常一样，人们排着长长的队伍，但是在严寒中苦等了两个多小时却一步都没有往前挪之后，我前面的三个人开始骂一名警察。那个警察抽出他的警棍，直奔我们而来，准备挥向任何胆敢造次的人。官方的政策是先打后问,而我知道自己绝无还手之力,于是连想都没想便冲出队伍,开始在街上狂奔,拼了命地往前跑。那个卫兵一时愣住了,朝我的方向走了两三步,但接着,他停了下来,显然是想把注意力集中在那群人身上。也许他心里觉得,我跑掉的话,对他来说更有利吧。我跑啊跑,刚跑到拐角,便听到身后人群爆发出了可怕且充满敌意的吼叫。这下我真的慌了,因为我明白,几分钟内,整片地区会被一群来增援的防暴警察包围。我继续以最快的速度跑着,冲过了一条又一条街道,害怕得都不敢回头看一眼。最终,大概跑了一刻钟后,我发现自己跑到了一幢巨大的石质建筑边上。我不清楚还有没有人在追我,但正在这时,在我前面几英尺的一扇门突然开了,我便立即冲了进去。一个戴着眼镜、面色苍白的瘦削男人站在门口,正要往外走,他一脸惊恐地看着我从他身边跑了过去。我进来的这个地方,似乎是个什么办公室——一个小房间,里面有三四张桌子,以及胡乱堆砌的文件和书。

"你不能进来,"他不耐烦地说,"这里是图书馆。"

"就算是州长官邸又怎么样呢,"我一边弯着腰喘气,一边说,"我现在已经进来了,谁也休想把我撵出去。"

"那我就举报你,"他用一种自命不凡又谨小慎微的口气说,"你不能就这么闯进来。这里是图书馆,没有通行证,谁都不准进来。"

我被他这副一本正经的样子搞得慌了神,一时不知该说些什么好。当时我筋疲力尽、走投无路,所以并没有试着和他讲理,而是使尽浑身力气,一把将他推倒在地。这么做很荒唐,但我实在控制不住自己。他摔到地上后,眼镜从脸上甩了出去,有那么一刻,我甚至都想把它踩碎。

"你尽管去举报吧,"我说,"但我是不会自己离开的,除非有人把我拖出去。"然后,趁他还没站起来,我转身跑进了房间另一头的那道门。

我来到了一间大厅。这个房间的穹顶很高,地上铺着大理石,看着很是宏伟壮观。那间小办公室同这个巨大空间的剧烈对比,令人难以置信。我的脚步声在耳边回响着,仿佛还能听到自己的呼吸在墙壁间回荡。人们三三两两地踱着步,轻声交谈着,显然正沉浸在某种严肃的对话中。我走进房间时,有些人转过头来看我,但那只是一种条件反射,随后他们便又把头转回去了。我低头看地,装出我知道自己要去哪里的样子,尽量沉着、谨慎地从这些人身边走过。大约三四十英尺后,我发现前面有一架楼梯,便走了上去。

这是我第一次来国家图书馆。那座大厦富丽堂皇，墙壁上挂满总督和将军的画像，有着一排排意大利风格的圆柱和漂亮的大理石嵌饰，是城里的地标性建筑之一。不过，同其他东西一样，它也早已风光不再。二楼的天花板已经塌陷，柱子已经倾倒碎裂，书籍和文件散落在各处。我依然能看到三五成群的人转来转去——大部分是男人，我意识到——但谁都没有注意到我。在索引卡目录架的另一边，我看到有一扇包着绿色皮革的门，通往一座封闭的楼梯间，我便沿着楼梯走到上面一层，然后来到一条两边有很多门的低矮长廊里。走廊上没有人，而且我没听到门后传来什么声音，所以便猜想房间里也没有人。我试着推了推右手边的第一扇门，但门是锁着的。第二扇也一样。但接着，完全出乎我意料的是，第三扇门竟然开了。里面有五六个人正围坐在一张木桌旁，急切、热烈地讨论着什么事。房间里空荡荡的，也没有窗户，墙上的黄色油漆已经片片剥落下来，天花板正往下滴着水。在座所有的男人都蓄着大胡子，穿着黑色衣服，头上戴着帽子。发现里面有人后，我吓得轻轻叫了一声，准备把门拉上。但这时，桌旁最年长的那个人转过头，冲我亲切地笑了笑，那个微笑充满了暖意与善意，让我不禁迟疑了一下。

"我们有什么能为你效劳吗?"他问。

他的口音很浓重(th音脱落了,w音发成了v),但我说不出他到底来自哪个国家。Ist dere anyting ve can do fer yoo.但接着,我凝视着他的眼睛,一丝亲切感瞬间震遍了我的全身。

"我还以为犹太人都死了。"我悄声说。

"还是活下来了一些,"他再次微笑着对我说,"你知道的,想把我们除掉可没那么容易。"

"我也是犹太人,"我脱口而出,"我叫安娜·布卢姆,从很远的地方来这座城市,已经在这里待了一年多了。我正在找我哥哥。不知道您认不认识他,他叫威廉。威廉·布卢姆。"

"不认识,亲爱的,"他摇着头说,"我从来没见过你哥哥。"他转头扫了坐在桌旁的同事一眼,问了问他们,但他们也都不认识威廉。

"时间已经过去很久了,"我说,"除非他已经设法逃了出去,不然我敢肯定他已经死了。"

"很有可能,"这位拉比轻声说,"你也知道,太多人都死了,最好别期待会有奇迹发生。"

"我早就不信上帝了,如果您指的是这个的话,"我说,

"我还是个小姑娘时就不信那一套了。"

"想信也难,"拉比说,"尤其是考虑到种种迹象,也难怪会有那么多人和你不谋而合。"

"你不会告诉我你还信仰上帝吧?"我说。

"我们会向他祈祷。但他听不听得到就是另一回事了。"

"我的朋友伊莎贝尔信上帝,"我继续说,"她也已经死了。我把她的《圣经》卖给了复活代理人甘比诺先生,换了七格拉特。这么做很恶劣,是吧?"

"未必。毕竟,有些东西比书更重要。要想祷告,也得先吃饱肚子。"

真是奇怪,我也不知道自己在这个人面前怎么了,但我跟他聊得越多,听起来就越像个小孩子。或许他让我想起了自己小时候的样子,回到了对神父和老师的话深信不疑的蒙昧时光吧。我说不太准是为什么,但事实是,跟他在一起,我感到很安心,而且我觉得他是一个值得信赖的人。几乎是不知不觉的,我把手伸进了外套口袋里,拿出了塞缪尔·法尔的照片。

"我还在找这个人,"我说,"他叫塞缪尔·法尔,他很可能知道我哥哥出了什么事。"

我把照片递给拉比,但他研究了几分钟后,摇摇头说不认识这个人。但就在我开始心灰意冷时，桌子对面的一个男人开口了。他是这群人里最年轻的一个，他那淡红色的胡丛看起来也比其他人更小、更稀疏一些。

"拉比，"他怯怯地问，"我能插一句吗？"

"你不必征求我的许可，以撒，"拉比说。"你想说就尽管说。"

"当然，我也不是很确定，但我觉得好像知道她说的是谁，"年轻人说，"或者说，我至少认识一个叫这个名字的人，可能不一定是这位年轻的女士要找的人，但名字我确实耳熟。"

"那你看一下照片。"拉比说着，把照片滑到了桌子对面。

以撒看着照片，脸上的表情很严肃、不露声色，所以我立马又失望了。"虽然照片看着不太像，"他终于说道，"但认真看过以后，我能肯定他就是我认识的那个人。"以撒那苍白而又充满学究气的脸上涌起了一个微笑。"我跟他聊过几次，"他继续说，"这人挺聪明的，但怨气很重。我们几乎在每件事上都意见不一。"

我简直不敢相信自己的耳朵。但我还没来得及张口，拉比便问他："哪里能找到这个人，以撒？"

"法尔先生并不远，"以撒忍不住说了句双关的俏皮话。*然后，他咯咯地笑了一声，又补充道，"他就住在图书馆。"

"真的吗？"我终于问道，"是不是真的啊？"

"当然是真的。你想的话，我现在就可以带你去找他，"以撒迟疑了一下，然后转身对拉比说，"如果您允许的话。"

不知为什么，拉比看起来有些担心。"这个人属于某个学院吗？"他问。

"据我所知不是，"以撒说，"我觉得他应该是独立人士。他跟我说自己以前在什么报社工作。"

"对的，对的，"我说，"那就对了，塞缪尔·法尔是记者。"

"那他现在在做什么？"拉比没有理会我插的这句嘴，继续问道。

"在写书。具体写什么我不清楚，但我猜应该和这座城市有关。我们在楼下大厅里聊过几次。他问了我很多尖锐的问题。"

"他有表现出同情吗？"拉比问。

"他是中立派，"以撒说，"不支持，也不反对。他是一

---

* 原文为 Mr. Farr is not far，法尔（Farr）和远（far）的发音相同。

个内心备受折磨的人,但绝对公平,毫无私心。"

拉比转身跟我解释了一下。"你也知道我们有很多敌人,"他说,"我们的许可证危在旦夕,因为我们已经没有了正式的学术身份,所以必须谨慎行事。"我点点头,假装明白他在说什么。"但在目前的情况下,"他继续说,"我觉得让以撒带你去那个人的住处看看好像也不妨事。"

"谢谢您,拉比,"我说,"真是太谢谢您了。"

"以撒会把你送到门口,但我不希望他再往前走了。你听到了吗,以撒?"他看了看他的门徒,脸上一副不怒自威的神情。

"明白,拉比。"以撒说。

然后,拉比从椅子上站起来,和我握了握手。"你有空一定要回来看看我,安娜,"他说,突然间看起来特别苍老疲惫,"我想知道事情的结果如何。"

"我会回来的,"我说,"我保证。"

法尔的房间在九楼,也就是大厦的顶层。我们一到那里,以撒便匆忙转身走了,喃喃地道歉说他不能久留。突然间,我又成了孤零零的一个人,站在漆黑的大厅里,左手拿着一根燃烧的小蜡烛。这座城市里有一条生存法则,除非你知道门的另一边有什么，否则千万别去敲。难道我这么大老远跑来，是为了给自己惹灾招祸吗？塞缪尔·法尔对我来说不过是一个名字，一个无法实现的渴望和荒谬绝伦的希望的象征。我一直把他当作某种鞭策，来鼓励自己撑下去，但现在我终于来到了他的门前，却害怕得不得了。要不是蜡烛燃烧得太快，我可能永远也不会有勇气敲门。

房间里传来一个刺耳且不友好的声音。"走开。"那声音说。

"我想找塞缪尔·法尔。您是塞缪尔·法尔吗？"

"你是谁？"那声音问。

"安娜·布卢姆。"我说。

"我不认识什么安娜·布卢姆，"那声音回答，"快走吧。"

"我是威廉·布卢姆的妹妹，"我说，"我都找了你一年多了。你不能就这么赶我走。你要是不开门，我就一直敲到你开为止。"

我听到椅子在地板上刮擦的声音，接着是离我越来越近的脚步声，然后又听到了插销拉开的声音。门开了，我突然沐浴在了阳光下，一大片阳光透过房间的一扇窗户倾泻到走廊中。过了好一会儿，我的眼睛才适应过来。可等我终于能看清楚面前站着的那个人时，第一眼看到的却是一把枪——一把黑色的手枪，直直地对着我的肚子。这人确实是塞缪尔·法尔，但已经和照片不太像了。照片里那个健壮挺拔的年轻人，现在变得憔悴不堪、满脸胡子，眼睛下面还有明显的黑眼圈，而且他的身体似乎散发着一种紧张不安、难以捉摸的能量，看起来就像已经有一个月没睡过觉了一样。

"我怎么能确定你就是你说的那个人？"他问。

"因为我说是就是。因为你要不相信我的话就太愚蠢了。"

"我需要证据。不给出证据，我是不会让你进来的。"

"你只要听我说说话就行了。我的口音和你的一样。我们来自同一个国家，同一座城市。我们没准还是在同一个社区长大的呢。"

"口音谁不会模仿？你得给我点别的证据。"

"这个行吗？"我说着从外套口袋里掏出了那张照片。

他一声没吭，仔细看了有十秒二十秒的样子。然后，他的整个身体似乎都逐渐瘫软了下来，恢复了原状。等他再抬头看我时，我发现枪已经挂到了他身体的一侧。

"上帝啊，"他耳语一般轻声问道，"你从哪里弄来的？"

"博加特那里。我离开之前他给我的。"

"是我,"他说,"我以前就长这个样子。"

"我知道。"

"很难相信,对吧?"

"也还好。想想你已经在这里待了多久了。"

他似乎陷入了沉思。可过了一会儿,他再抬头看我时,好像又认不得我了。

"你之前说你叫什么名字?"他抱歉地微笑了一下,我看到,他有三四颗下牙都没了。

"安娜·布卢姆。威廉·布卢姆的妹妹。"

"布卢姆。发音跟'前景黯淡'*押韵,我说得对吧。"

"对。跟'子宫'和'坟墓'也押韵。你可以随便挑。"

"我猜你想进屋,对吧?"

"对。这就是我来这里的目的。我们有很多事要谈。"

房间很小,不过也没有小到容不下两个人。地上有一张床垫,床边有一张桌子和一把椅子,旁边还有一个烧木头的炉子,墙边堆着很多文件和书籍,衣服塞在一个纸箱里。这个房间让我想起了学生宿舍——跟我那年去大学看

---

* 布卢姆的英文为 Bloom,前景黯淡为 doom and gloom,下面的子宫和坟墓分别为 womb 和 tomb。

你时，你住的那个差不多。屋顶很低，而且以很陡的坡度向外墙一侧倾斜，所以要走到房间那头的话，你只能弓着腰。不过，那面墙上的窗户却很不寻常——一扇美轮美奂的扇形窗，几乎占据了整面墙。被分割成块的厚玻璃，镶在细长的铅棒之间，构成了如蝴蝶翅膀一般精美复杂的图案。透过窗户，你能眺望到好几英里外——一直到小提琴手护城墙，以及更远的地方。

萨姆示意我坐到床上，然后自己坐到转椅上，转过来对着我。他为刚才拿枪指着我道歉，但他的处境很危险，他说，所以不敢掉以轻心。他在图书馆里住了快一年了，现在有传言说，他的房间里藏着一大笔钱。

"从这些东西来看的话，"我说，"我绝对猜不到你有钱。"

"我没把钱花在自己身上，而是花在了我写的书上。我花钱请人来这里和我聊天。按照每次采访时间的长短，付给对方一定数量的钱。第一个小时给一格拉特，之后每个小时再加半格拉特。我已经做了几百场采访了，一个故事接着一个。我实在想不出别的办法。毕竟情况太庞杂了，你明白吧，单靠一个人根本讲不清楚。"

萨姆是被博加特派到这个城市来的，但即便到了现在，他还是想不通自己当初怎么会接下这个任务。"我们都知道，你哥哥肯定遇到了什么可怕的事,"他说,"但六个多月来,他一直杳无音信,任何接替他的人,也一定会有同样的下场。当然,博加特才不会为这个烦心呢。一天早上,他把我叫到办公室,说,'年轻人,你一直在等的机会来了。我现在派你去那边接替布卢姆。'我接到的指示简单明了,就是写报道、查清威廉的遭遇、保住我自己的小命。三天后,他们为我举行了欢送会,又是喝香槟,又是抽雪茄的。博加特讲了祝酒词,大家为我的健康干杯,和我握手,还拍了我的背。我感觉我就像自己葬礼上的宾客。但至少我不像威洛比那样,家里还有三个孩子和一缸金鱼在等着他。无论你对博加特这个主编有什么看法,他都是一个性情中人。我从没有怪过他派我来。因为事实是,其实我自己可能也想去。不然的话,我直接辞职就好了。事情就是这样开始的。我收拾好行李,削尖了铅笔,然后和大家道了别。那是一年半以前的事了。不用说,我没往回发报道,也没找到威廉。目前来讲,我似乎保住了自己的命。但我也不敢打赌说还能保住多久。"

"我还想着你能给我一些关于威廉的确切信息呢,"我说,"无论结果如何。"

萨姆摇摇头。"这地方没有什么是确定的。考虑到各种可能性，你应该为此感到高兴才对。"

"我不会放弃希望。在我确定之前，绝不会。"

"随你吧。但我觉得，做最坏的打算才是明智的做法。"

"拉比也是这么跟我讲的。"

"任何有脑子的人都会这么告诉你。"

萨姆的语气充满了紧张和自嘲，而且他会从一个话题突然跳到另一个，搞得我很难跟上他。我感觉这个人快崩溃了——把自己逼得太紧，连站都快站不起来了。他已经积累了三千多页的笔记，他说，如果继续以现在的速度工作，他觉得再过五六个月，就能做完这本书的前期准备工作了。但问题是，他的钱快花光了，进展也不太顺利。他已经负担不起采访费用了，资金又非常紧张，所以他现在隔一天才能吃一顿饭。当然，这简直是雪上加霜。他的体力正在一点点耗尽，有时候，他会饿到头晕目眩，连自己正在写的字都看不清。他说，有时他甚至会无意识地倒在桌上昏睡过去。

"再这么下去，书没写完，你就先把自己累死了，"我说，"那还有什么意义？你应该先别写书了，把自己照顾好。"

"我不能停下。这本书是我活下去的唯一支撑，能让我不去想自己的事，不被自己的生活吞没。如果不再写这本书，我会迷失自己，可能连一天都撑不过去。"

"谁会看你这破书，"我生气地说，"你还不明白吗？你写多少页都无关紧要，因为根本不会有人知道你做了什么。"

"你错了。我会把手稿带回国。等书出版了，每个人都会知道这里发生了什么。"

"你根本不知道自己在说什么。你没听过海堤项目吗？离开这里的可能性微乎其微。"

"我知道海堤。但那只是一个地方。还有其他地方呢，相信我。沿着海岸往北走。或者往西穿过荒漠地带。等时机来了，我会准备好的。"

"你活不了那么久的。到冬天结束时，你什么都准备不好。"

"总会有转机。如果没有的话，啊，反正对我来说也无所谓。"

"你还有多少钱？"

"不知道。我想大概还有三十到三十五格拉特吧。"

听到只剩这么一点，我有些吃惊。就算你做好了一切可能的预防措施，只在绝对必要的情况下才花钱，这三十格拉特顶多也只能维持三四个星期。我突然理解了萨姆的处境有多危险。他正在直奔死亡而去，可他自己根本不知道。

这时，一堆话从我嘴里冒了出来。我也是在听到以后才明白自己在说什么，但已经太晚了。"我有些钱，"我说，"不算很多，但要比你的多得多。"

"你真了不起。"萨姆说。

"你没明白，"我说，"我说我有钱的意思是我愿意和你分享。"

"分享？为什么？"

"让我们活下去，"我说，"我需要地方住，而你需要钱。要是我们把资源集中起来，也许有机会熬过这个冬天。不然我们俩都得死。我觉得这一点是毫无疑问的。我们会死，本来不必死却死掉的话，那也太愚蠢了。"

我的直言不讳让我们俩都有些震惊，好一会儿，我们谁也没说话。它们是那么赤裸，那么荒谬，但无论如何，我终于说出了实话。我的第一个念头是道歉，但当这些话继续悬在我们之间的空气里时，我想了想，还是觉得很有道理，所以不太想收回它们。我觉得我们都明白正在发生什么，但这不意味着接着往下说会很容易。在类似的情况下，这座城里的人更常见的做法是互相残杀。为了一个房间或者一口袋零钱而杀死一个人，几乎不算什么事。或许我们没有互相伤害的原因很简单，那就是我们不属于这里。

我们不是这个城市的人。我们是在另一个地方长大的，或许这足以让我们觉得已经对彼此有了一些了解。我不敢肯定。命运以一种近乎毫无人情味的方式把我们丢到了一起，而这似乎赋予了我们的邂逅一种它自己的逻辑、一种不依赖于我们任何一个人的力量。我提出了一条荒唐的建议，冒冒失失就要住到一起，而萨姆一个字都没说。我觉得，这沉默本身的意义非同寻常，而且持续得越久，似乎就越能证明我说的那些话是正确的。等到它结束时，我们已经没什么需要讨论的了。

"这里很挤，"萨姆环视了一下这个小房间，说，"你打算睡在哪儿？"

"没关系，"我说，"会有办法的。"

"威廉以前偶尔会说起你，"他说着，嘴角扬起一丝淡淡的微笑，"他甚至还警告过我。'要小心我妹妹啊，'他说，'她可是个暴脾气。'那你，安娜·布卢姆，是个暴脾气吗？"

"我知道你在想什么，"我说，"但你不用担心。我不会碍你的事。我又不是傻子。我会读书写字。我懂得如何思考。有我在的话，书会完成得更快。"

"我不担心，安娜·布卢姆。你冷不防地出现在这里，一屁股坐到我的床上，让我一下子变成一个有钱人——你说我有什么好担心的？"

"别夸张了。加起来都不到三百格拉特。连二百七十五都不到。"

"这就是我说的——有钱人。"

"你硬要这么说，我也没办法。"

"我就是要这么说。而且我还要说，那把枪没上膛，真他妈算咱们走运。"

就这样，我熬过了"可怕的冬天"。我和萨姆一起住在图书馆，在接下来的六个月里，那个小房间成了我的世界中心。我猜你要是听到我们最终睡在了同一张床上，应该也不会震惊。人又不是石头，哪里抗拒得了这种事。当它终于在第三还是第四天晚上发生时，我们都觉得自己真是蠢，竟然等了这么久。一开始只是纯粹的肉欲，是胡乱的搂抱和四肢的纠缠，是积压已久的欲火的释放。那种发泄的感觉太强大了，接下来的几天里，我们都把对方折腾得筋疲力尽了。接着，速度才降下来，事实上，也不得不降了，但是一点点地，在随后的几个星期里，我们坠入了爱河。我说的不只是温情或者共同生活时的安逸，而是我们真的深深地、无可挽回地坠入了爱河，到最后，我们就好像已经结了婚,就好像永远都不会再离开彼此。

对我来说,那是最美好的日子,不止是在这座城市里,你明白吧,而是说在任何地方——我整个人生里最美好的日子。当时的状况那么可怕,可我竟然很快乐,确实挺奇怪的,但和萨姆一起生活,让一切都有了大不同。从表面上看,情况没多大变化。同样的挣扎仍然存在,同样的问题仍要每天面对,但是现在,我的心中又拥有了希望,我开始相信,我们的麻烦迟早会结束。萨姆比我见过的任何人都要了解这座城市。他能逐一列举出过去十年中的任何一届政府;能说出州长、市长和无数下级官员的名字;能讲出收费站的历史,能描述发电厂的建设过程,能介绍哪怕是最小的派别的具体情况。他知道很多事,但仍然对我们有机会离开这里信心十足——正是这一点说服了我。萨姆不会歪曲事实。毕竟,他是一名记者,他曾训练过自己用批判的眼光看待世界。没有一厢情愿的想法,没有模棱两可的假设。如果他说我们可以回家,那就意味着他知道这是可以做到的。

总体来说,萨姆并非乐天派,也说不上随和。他的内心一直涌动着某种愤怒,就算是睡觉时,他看起来也备受折磨,在被窝里翻来覆去,仿佛正在睡梦中与人搏斗。我刚搬进去的时候，他的状态很差，营养不良，咳嗽不止，过了一个多月，他才勉强恢复了健康。那之前，我几乎承担了所有家务。我出去买食物，倒夜壶，还有做饭和收拾屋子。后来，等到体力恢复了一些，能受得住寒冷之后，萨姆便开始自己在早上跑出去办这些家务事了，坚持要我躺在床上再睡会儿。萨姆是个天性善良的人，真的——而且他很爱我，我从来都没想过能被一个人这样爱着。如果说他阵发的痛苦有时会让他疏远我，那也只是他内心的挣扎。写书仍然是他的执着所在，但他容易把自己逼得太紧，超出了他的忍耐限度。把收集到的各种材料分门别类地组织起来，给他带来了很大压力，时不时会让他突然对这个项目失去信心。他会说那些东西都毫无价值，完全是废纸一堆，想要表达的东西根本没法表达出来。然后，他会陷入抑郁，短则一天，长则三天。阴郁情绪过后，他会变得特别温柔。然后他会给我买各种小礼物——比如一个苹果、一条绑头发的丝带，或者是一块巧克力。或许他不该花钱买这些多余的东西，但我发现，不被这些心意打动实在太难了。在我们两个人里，我总是务实的那一个，是干脆利落的家庭主妇，总在省吃俭用，不停地操心。但是，当萨姆拿回那些奢侈的东西时，我会感到不知所措，心里乐开了花。我控制不住。我需要知道他爱我，就算这意味着我们的钱会早一点用光，我也愿意付出代价。

我们都喜欢上了抽烟。香烟在这里是稀缺品，就算能买到也是价格不菲，但萨姆在素材准备阶段认识了几个黑市的人，所以经常能以一块钱或者一块半的低价买到一整包二十根的香烟。我指的是真正的老式香烟，工厂里生产出来的那种，装在花花绿绿的盒子里，外面还包着玻璃纸。萨姆买来的烟是从之前停在码头的外国人道主义援助船上偷来的，而且通常都是我们连牌子都不会念的一些外国牌子。天黑以后，我们会一边躺在床上抽烟，一边望向扇形大窗户外面，看着天空及其种种形态，比如掠过月亮的云朵，眨眼的小星星，还有呼啸而下的暴风雪。我们会把烟从嘴里吐出来，看着它飘过房间，在对面的墙上投下转瞬即逝的影子。这一切都蕴含着一种美好的无常感，仿佛命运在把我们拖向被遗忘的未知角落。我们经常聊起家乡，尽可能多地回忆各种情景，如念咒一般慵懒地回想着各种微小而又具体的画面——10月时米罗大道上的枫树、公立学校教室里的罗马数字时钟、大学对面那家中国餐厅外的青龙灯饰。我们一起分享着这些东西的余韵，重温着我们从小便熟悉的那个世界中的无数细节。我觉得，正是因此，我们才保持住了愉快的心情，才坚信我们终有一天会再见到那一切。

我不太清楚当时有多少人住在图书馆，但我猜大概有一百多，甚至可能更多，全都是在过去动荡的十年中经历了清洗运动而幸存下来的学者和作家。听萨姆说，随后的一届政府实行了宽容政策，安排了城里的一些公共建筑给这些学者住——比如大学体育馆、一家废弃的医院，还有国家图书馆。住房还获得了大量补贴（这就解释了萨姆的房间里为什么会有铸铁炉子，以及六楼的水槽和厕所竟然也奇迹般地可以使用），后来，政策范围进一步扩大，将一些宗教团体和外国记者也纳入了其中。但是过了两年，新一届政府上台后，这项政策便终止了。虽然学者们并没有被赶出去，但也失去了政府的补助。鉴于许多学者不得不出去找别的工作，所以人员流失率相当高，这也是可以理解的。留下来的人则被来来去去的各届政府忽视，几乎只能自生自灭。图书馆的不同派别之间谨慎地发展出了某种同志情谊，或者说至少在一定程度上，他们愿意互相讨论、交换看法。这也就解释了我第一天在大厅看到的情形。每天早晨，他们会进行两小时的公开讨论——所谓的"逍遥时光"——所有住在图书馆的人都可以参加。萨姆和以撒就是在某次讨论中认识的，不过，对于这些人，他通常敬而远之，觉得这些学者除了本身作为一种现象——城市生活的又一面——并没有多大意思。他们大多喜爱钻研深奥难懂的东西：寻找古典文学中的事件与当下事件的类似之处；人口趋势的统计学分析；编纂新字典；等等。这些东西对萨姆来说没什么用处，不过他仍然会竭力与大家维持良好的关系，因为他很清楚，当学者们觉得自己在遭人取笑时，可能会变得很恶毒。我一来二去也认识了他们中的不少人——比如提着水桶在六楼水槽前排队，和别的女人交换食物信息，听别人讲八卦时——但我听从了萨姆的建议，没和他们深交，只是保持着友好而克制的距离。

除了萨姆，我唯一经常说话的人就是拉比了。第一个月的时候，我一有机会便会去看他——比如傍晚时有一小时的空闲，或者萨姆完全沉浸在他的书里，而我又难得没有家务要做的时候。拉比经常和门徒们在一起忙，所以他并不是总有时间见我，但我们还是好好地聊过几次。我印象最深的是上次去时他对我说过的一番话。当时我便大为吃惊，以至于到现在都老是会想起来。每个犹太人，他说，都认为自己是最后一代犹太人。我们向来都站在结局那里，站在最后一刻的边缘，我们现在又有什么理由认为情况会有所不同呢？或许我对这段话记忆深刻，是因为那之后我就再也没见过他了。等我再次下到三楼时，拉比已经不见了，另一个人取代了他在房间里的位置——一个身材瘦削、戴着一副金属细框眼镜的秃顶男人。当时，他正坐在桌旁，疯狂地在笔记本上写着什么，周围还堆着一摞摞的文件，以及好几块形似人类头骨或其他骨头的东西。我一走进房间，他就抬起头来看了看我，脸上一副恼火甚至充满敌意的表情。

"没人教过你怎么敲门吗？"他说。

"我想找拉比。"

"拉比走了，"他不耐烦地噘着嘴，眼睛瞪着我，好像我是个白痴似的，"所有的犹太人两天前都离开了。"

"你说什么？"

"犹太人两天前都离开了，"他重复道，还厌恶地叹了口气，"詹森主义者明天走，耶稣会会士星期一走。你什么都不知道？"

"我完全不知道你在说什么。"

"新法规。宗教团体不再享有学者待遇了。真不敢相信竟然还有这么无知的人。"

"你讲话不用这么难听吧。真是的，你以为你是谁啊？"

"我是迪雅尔丹,"他说,"亨利·迪雅尔丹。我是一个民族志学者。"

"所以这房间现在是你的了?"

"对。是我的。"

"那外国记者呢?他们的待遇也变了?"

"我不知道,也不关心。"

"我猜你只关心这些骨头吧。"

"说对了。我正在分析它们。"

"它们是谁的骨头?"

"无名尸体。被冻死的人。"

"你知道拉比现在在哪儿吗?"

"毫无疑问,在去应许之地的路上吧,"他满口嘲讽地说,"麻烦你走吧,你已经浪费我不少时间了。我还有重要的工作要做,而且不喜欢被打扰。谢谢。另外,出去的时候记得把门带上。"

最终,萨姆和我并没有因为这些法规吃什么苦头。海堤项目的失败削弱了政府的力量,所以他们还没来得及处理外国记者的问题,新政权便上台了。驱逐宗教团体只不过是他们荒唐至极、走投无路的武力炫耀,是对那些无力自卫之人的随意攻击。这种毫无益处的行为着实让我震惊，也让我更难接受拉比的失踪。你看到这个国家的状况了吧。一切都会消失，人和物都一样，活人和死人也一样。失去这个朋友让我很悲伤，整件事重重压在我的心头，都快把我压垮了。要是确凿无疑地知道他已经死了，我也许还能安心些——可我有的只是某种空白，一种吞噬一切的虚无感。

从那之后，萨姆的书成了我生命中最重要的东西。我意识到，只要我们继续写这本书，一个具有可能性的未来就会继续为我们而存在。见面第一天时，萨姆就试着跟我解释过这一点，但现在，我才终于领会了其中的意思。有什么需要做的，我都会去做——比如给文档归类，编辑采访稿，誊写最终版，抄写一份字迹清楚的手稿。当然，有打字机的话会更好，但几个月前萨姆就把便携式打字机卖了，我们现在也没钱再买一台了。实际上，连保证有足够的铅笔和钢笔都已经相当困难了。冬季的物资短缺，已经把价格抬到了前所未有的水平，要不是因为我原有的六支铅笔和我在街上偶然捡到的两支圆珠笔，我们可能早就没有东西用来写字了。纸倒是有很多（萨姆搬进来那天就囤了十二令纸张）。蜡烛是另一个影响我们工作的问题。要想降低开销,我们就必须多在白天工作,可当时正值隆冬,太阳几个小时就走完它在天上的那个小圆弧了。因此,要是不想让这本书一直拖着,我们就必须做出一些牺牲。我们把每天晚上抽的烟控制在了四五根以内,后来萨姆还留起了胡子。说到底,剃须刀片是一种奢侈品,最终我们要在他光滑的脸和我光滑的腿之间做出选择。我的腿轻松取胜。

不管白天还是晚上,去书库的时候都得点蜡烛。所有书都放在大楼的中心部位,因此那里没有一堵墙上有窗户。而电力很久以前就被切断了,所以我们别无选择,只能自己带着蜡烛前往。他们说,国家图书馆的藏书一度超过了一百万册。等到我去的时候,这个数字已经大为减少,但依然还有数十万本之多,令人眼花缭乱。有些书还立在书架上,有些就杂乱地散落在地上,还有一些书则被乱七八糟地摞成了堆。图书馆有规定,严禁把书带出大楼,但许多人还是会偷偷把书带到黑市上去出售。其实,这座图书馆还能不能算作图书馆,都值得商榷。分类系统早已被彻底破坏,在这么多乱放一气的书中间,想找到你要的书,几乎是不可能的。试想一下,书库总共有七层,说一本书放错了地方,跟说它已经不存在了几乎没有什么区别。虽然它可能还在楼里,但事实上,不会再有人找到它了。我曾经给萨姆找到过一些旧的市政登记簿,但大多数时候就是随便拿些书回去。我不太喜欢去那里,因为你永远不知道会碰上谁,还得闻里面的潮气和霉味。我会在两只胳膊底下尽可能地多夹几本书,然后飞奔回我们的房间。冬天里,我们就是靠这些书取暖的。因为没有别的燃料,我们只得在铸铁炉里焚书取暖。我知道这听起来很可怕,但我们真的是没有别的办法了。要么烧书,要么冻死。当然,我并非不知道这其中的讽刺意味——花好几个月写一本书,同时又烧了几百本别的书来取暖。但奇怪的是,我从未为此感到后悔。老实讲,我反倒很喜欢把那些书扔进火里。或许这帮我发泄了一些隐藏在心中的怒气;也或许我只是意识到,这些书的遭际其实早已无关紧要。它们曾经属于的那个世界已经垮掉,现在它们至少还能派上点用场。反正大部分的书都不值一翻——比如言情小说、政治演讲集、过时的教科书。每当我发现一些看起来还不错的书时,也会留下来看。有时候萨姆很累,我会在他睡前给他念一会儿书。我记得就曾这样零碎地读过一些希罗多德的书,有一天晚上,我还看了一本奇怪的小书,是西拉诺·德·贝热拉克那本写他去月球和太阳旅行的书。但最终,一切都进了炉子,一切都化成了青烟。

现在回想起来,我仍然认为,事情本可以有个圆满的结果。我们本可以完成那本书,迟早也能找到回家的路。要不是因为我在冬天将尽时犯的一个愚蠢错误的话,现在我可能就坐在你对面,正在用自己的声音来跟你讲这个故事。虽然我是无心的,但这并不能减轻这个错误带来的痛苦。我早该想到的,但因为我莽撞行事,信了一个根本不该信的人,结果,我毁掉了自己的整个人生。我这么讲,真的不是在夸张。确实是我自己的愚蠢毁掉了一切,所以除了自己,我谁都没法怪罪。

事情是这样的。新年过后不久,我发现自己怀孕了。但因为不知道萨姆会对这个消息作何反应,所以我瞒了他一段时间。但一天早上,我的晨吐反应特别厉害——浑身冒冷汗,还吐到了地板上——最后,我不得不跟他说了实话。令人难以置信的是,萨姆听了之后特别开心,甚至比我还开心。倒不是说我不想要孩子,你明白吧,而是我忍不住会害怕。有时候,一想到要在这种情况下生孩子,我就觉得很疯狂,有几次我觉得自己都要失去勇气了。然而,我有多担心,萨姆就有多激动。一想到自己要当父亲了,他就振奋不已,渐渐地,他平息了我的疑虑,让我也开始将怀孕视为一个好兆头。有了孩子，就意味着我们被赦免了，他说，我们战胜了不可能，从现在开始，一切都将不同。通过一起孕育这个孩子，我们使得一个新世界的开始有了可能。我以前从没听萨姆这么说过话。这种英勇的、理想主义的情怀——听到这些话从他嘴里冒出来，我几乎都有些震惊了。当然，这并不意味着我不喜欢他这么说。我非常喜欢，喜欢得连我自己也开始信了。

最重要的是，我不想让他失望。虽然在最初的几周里，我有过几次严重的晨吐反应，但身体依然健康，所以我依然像以前那样努力做好分内的工作。等到3月中旬时，种种迹象表明，冬天的威力已经开始减弱：风暴的侵袭少了些，解冻的时间也变长了，夜间降温也没那么厉害了。我不是说天气已经转暖了，但无数迹象表明情况正在朝这个方向发展，让人几乎要觉得，最糟糕的时候终于过去了。但不走运的是，正在这时候，我的鞋子破了——就是很久以前伊莎贝尔送我的那双。我都算不准自己到底穿着它们走过多少英里路了。一年多来，它们一直跟随着我，支撑着我踏出每一步，陪着我走遍了城市的每一个角落。可现在，它们彻底报废了：鞋底已经磨穿，鞋面也破得不成样子，虽然我尽量用报纸堵上了那些破洞，但街上到处是水，实在没什么用处，所以每次出门我的双脚都会被浸湿。我想，大概是这种事发生了太多次，结果4月初的一天，我得了感冒。货真价实的感冒，全身酸痛、畏寒、咽痛、喷嚏，一样不落。鉴于萨姆对怀孕的关注，这次感冒把他吓到了歇斯底里的程度。他扔下了一切，开始全力照顾我，像个发狂的护士一样在床边转来转去，还花钱买来了茶叶和罐头汤这类奢侈品。三四天之后，我好了一些，但萨姆接着便下了指示。在给我找到一双新鞋之前，他说，他不希望让我出门。买东西、跑腿的事，都由他来办。我告诉他这太荒唐了，但他就是不让步，拒绝被我说服。

"我不想因为怀孕了就被当成病号。"我说。

"不是你啦，"萨姆说，"是鞋子。你每次出门脚都会湿。下次再感冒，可能就没这么容易好了，你知道吧，你要真病了，我们怎么办？"

"你要这么担心我，我出去的时候，干吗不把你的鞋子给我穿？"

"太大了啊。你穿着我的鞋，只能跟小孩一样趿拉着走，迟早会摔跟头。然后呢？你一摔倒在地，就会有人把鞋从你脚上扒走。"

"脚小又不能怪我，天生就这样。"

"你的脚很美,安娜,是造物主创造出来的最精致小巧的一双脚。我崇拜你的脚。我想亲吻它们走过的地面。所以,它们必须被好好保护。我们必须确保它们不会受到任何伤害。"

接下来的几周里我特别难受,只能眼睁睁看着萨姆把他的时间浪费在那些我本来可以轻易做的事情上,而书却几乎没有进展。区区一双鞋竟然会惹来这么多麻烦,想想就让人恼火。我那时刚刚开始显怀,却觉得自己像一头没用的母牛,一位整天呆坐在屋里的白痴公主,而她的王子兼骑士却正在战场上跋涉。如果我能找到一双鞋的话,我不停告诉自己,生活就能往前继续了。于是我开始四处打听,比如在水槽边排队时问问别人,甚至还下到大厅里参加了几次逍遥时光,想看看有没有人能给我提供点线索,可惜一无所获。有一天,我在六楼的走廊里遇到了迪雅尔丹,他马上跟我寒暄起来,仿佛我们是老熟人一样。自从我们在拉比的房间第一次见面后,我便一直在回避迪雅尔丹,他突然表现得如此友好,让我觉得很奇怪。迪雅尔丹是个迂腐、刁钻的家伙,几个月来,就像我在小心躲着他一样,他也一直在躲着我。可现在他却满脸堆笑,一副同情、关切的样子。"我听人说你需要一双鞋,"他说,"如果消息没错的话，我或许能帮你这个忙。"我本该马上就意识到哪里不太对劲的，但他一提到"鞋"这个词，我就放松了警惕。你要明白，我实在是求鞋心切，甚至都没想到要问他的动机。

"事情是这样的，"他继续喋喋不休地说道，"我有个表弟，他在，嗯，怎么说比较好呢，在买卖行业有些关系。各种还能用的东西，你懂吧，消费品之类的。有时候，他能搞到鞋子——比如我现在穿的这双——说不定他那里现在就有货呢。我碰巧今天晚上要去他家，可以顺便帮你问问，不算什么麻烦，一点都不麻烦。我只需要知道你穿多大号——嗯，我猜应该不大——还有你愿意花多少钱。但这些都是细节，都是小事。如果我们明天能约个时间见一面，我到时候或许可以给你带回些消息来。毕竟，人都得穿鞋子，对吧？从你现在脚上穿的东西来看，我非常理解你为什么四处打听。破得都快散架了，尤其是现在这种天气，根本不顶用吧。"

我跟他讲了我穿多大号，愿花多少钱，然后约定了第二天下午见面的时间。虽然他有些油腔滑调，但我还是忍不住觉得迪雅尔丹是在示好。他也许会从他给表弟拉来的生意里拿点提成，但我觉得这没什么不好。无论如何，大家都得想办法赚钱,如果他有什么旁门左道能赚点外快,那是他的造化。那天余下的时间里,我忍着没跟萨姆提起我和迪雅尔丹的偶遇。我不确定迪雅尔丹的表弟到底有没有鞋可以卖给我,但如果交易能成,我希望给萨姆一个惊喜。我尽量压低了自己的期望值,因为我们的资金当时已经减少到不足一百格拉特了,而我给迪雅尔丹出的数又低得荒唐——我记得好像是十一还是十二格拉特,甚至可能只有十格拉特。不过话说回来,对于我提出的价格,他并没有表现出惊讶,这似乎是个好兆头。不管怎么说,这已经足够让我心存幻想了,在接下来的二十四小时里,我都快被望眼欲穿的兴奋搞晕了。

第二天下午两点,我们在大厅的西北角见了面。迪雅尔丹拿着一个棕色的纸袋子,我一看便觉得事情应该挺顺利。"我觉得我们的运气相当好,"他边说边抓着我的胳膊,神神秘秘地把我拉到一根大理石柱后面,躲开了别人的视线,"我表弟有一双鞋正好是你的号,愿意十三格拉特出手。很抱歉,我没法说服他再往下压了,这已经是我能讲到的最低价了。不过考虑到商品的质量,还是挺划算的。"他转过身面朝墙,背对着我,然后小心翼翼地从纸袋里拿出来一只鞋。那是一只左脚的棕色皮鞋。材质显然是真皮,鞋底是耐磨的硬橡胶，看起来很舒服——最适合在城市街道上穿。更重要的是，那只鞋几乎是全新的。"试一下"，迪雅尔丹说，"看看合不合脚。"是很合适。我站在那里，脚趾在光滑的内里扭来扭去，觉得自己好久都没这么开心过了。"你救了我的命，"我说，"十三格拉特，我们成交了。你把另一只鞋给我，我现在就付钱。"可是迪雅尔丹似乎有些迟疑，然后一脸尴尬地把那个纸袋拿给我看，里面是空的。"这是在开玩笑吗？"我说，"另一只鞋呢？"

"我现在没有。"他说。

"你这是在玩什么鬼把戏？拿一只好鞋在我鼻子前晃一晃，让我先把钱付了，然后再把另一只破破烂烂的垃圾给我。对不对？那真是抱歉，这个当我不上。在看到另一只鞋之前，我一格拉特都不会给你们。"

"不是，布卢姆小姐，你误会了。不是你说的那样。另一只鞋的情况和这只一样好，而且也没人要你提前交钱。我也很遗憾，但我表弟就是这么做生意的。他坚持要你亲自去他办公室完成交易。我劝他别这样，但他不听。他说，价格都这么低了，哪还有中间人提成。"

"你是想告诉我，你表弟连十三格拉特都不放心让你代收？"

"我必须承认,这把我摆在了一个很尴尬的位置上。但我表弟就是这么强硬。在做生意方面,他不相信任何人。你想想他跟我这么讲的时候,我心里是什么感受。他竟然怀疑我的人品,我也是有苦难言啊,我可以跟你保证。"

"如果你捞不到什么好处,那干吗还来赴约?"

"因为我答应了你,布卢姆小姐,我不想食言。那样只能证明我表弟是对的,我得考虑我的尊严,你懂吧,我也有自尊心。那是比钱更重要的事。"

迪雅尔丹的表演非常到位。一点破绽都没露,一点瑕疵都没有,你一点都不会怀疑,他其实根本没有感到那么受伤。我心想:他只是不想搞僵和表弟的关系罢了,所以才愿意帮我这个忙。这是在考验他,如果他成功通过了,那他表弟就会允许他自己去谈生意。你看我多精明啊。我自以为比迪雅尔丹聪明,所以我一点都没觉得害怕。

那天下午,灿烂的阳光普照大地,和风几乎拥着我们一路向前。我觉得自己就像是一个久病初愈的人——再次感受到阳光,感受到我的腿在户外行走。我们迈着轻快的步伐,避开了无数障碍,敏捷地绕过了冬天留下来的一堆堆残骸,一路上几乎没说几句话。春天确实快来了,但是在建筑物投下的阴影中,仍然残留着冰雪的痕迹,而在街道上，阳光最强烈的地方，滔滔的雪水则在参差的乱石和破碎的人行道间奔流。走了十分钟之后，我的鞋子从里到外便一团糟了：袜子完全湿透，脚趾被渗进去的水搞得又湿又滑。现在提到这些细节或许有些奇怪，但这确实是我对那天最鲜明、最突出的记忆——走在路上的那种快乐，那种轻盈到几乎令人迷醉的感觉。但是，等我们到达目的地之后，事情发生得太快，我根本记不清了。现在回想起来，也只有短暂零星的记忆，完全脱离情境的孤立画面，一阵阵突然冒出来的光影。比如，那座大楼是什么样，我完全没印象，只记得是位于第八普查区的仓库区边上，离费迪南德以前的广告牌工作室不远——但这也只是因为我们之前路过时，伊莎贝尔曾经把那条街指给我看过，而我也觉得自己似乎回到了熟悉的地方。可能是因为我心不在焉，根本没注意事物的外表，太沉浸在自己的思绪里，顾不上想别的事，只想着我回去之后萨姆会有多高兴。结果，那栋建筑的正面是什么样，我脑子里一片空白。同样，从正门进去上了好几层楼梯的事，我也不记得了。就好像这些事情根本没发生过一样，虽然我很确定它们确实发生了。我脑海中第一个清晰的画面是迪雅尔丹表弟的脸。不过，或许不能说是他的脸，而是我注意到他戴着和迪雅尔丹一样的金属细框眼镜,而且当时——很短的一瞬,几乎是在刹那间——我还好奇他们是不是从同一个人那里买的。我想我的眼睛在他脸上停留的时间不超过一两秒钟,因为就在他走上前来和我握手的时候,他身后的门突然开了——似乎是不小心打开的,因为合页转动时发出的噪音让他的表情突然从友好变成了慌乱,他都没再和我握手,而是立即转身关上了门——那一瞬间,我明白自己被骗了,我来这个地方,跟鞋、钱、生意没有丝毫关系。因为就在那时,在他把门关上前的短暂空隙中,我清清楚楚地看到了另一个房间的情景,而且我绝对没有看错:三四个赤身裸体的人被挂在大铁钩上,还有一个人正拿着一把短柄斧,俯身站在一张桌子旁,劈砍着一具尸体的四肢。图书馆里之前一直有谣传说,现在出现了人类屠宰场,但我并没有相信。现在,迪雅尔丹表弟背后的门不小心打开了,我终于看到了这些人安排给我的命运。那一刻,我记得我开始尖叫起来,甚至还不时听到自己在一遍又一遍地喊着"杀人犯"。不过,我应该没能喊多久。要想重构我在那一刻的记忆根本不可能,要想知道我脑子里在想什么也不可能了。我只记得,我看到左手边有一扇窗户,于是拔腿就跑,然后迪雅尔丹和他表弟朝我猛扑过来,但我全速从他们伸出的胳膊中间冲了过去，撞向了窗户。我记得玻璃撞碎的声音和空气扑到脸上的感觉。坠落的时间应该挺长，至少长到了让我意识到自己正在往下落，长到了让我明白自己一旦落地就必死无疑。

我正在努力一点一点地告诉你发生了什么事。但要是记忆本身有空白，我也无能为力。有些事就是拒绝在我的脑海中重现，不管我怎么拼命回想，都没法把它们再挖出来。我坠地之后一定是昏了过去，但我不记得自己有觉得痛，也不记得落在了哪里。说到底，我唯一能确定的就是我没死。这一点一直让我困惑不已。从那扇窗户摔下来已经两年多了，我仍然搞不懂我是怎么活下来的。

他们说，我被抬起来的时候只是呻吟了一声，之后便一动不动了，气若游丝，几乎再没有发出任何声音。很长一段时间过去了。他们从来没告诉过我有多长，但我猜大概不止一天，或许有三四天。他们说，当我终于睁开眼睛时，与其说是苏醒，还不如说是复活，完全是无中生有。我记得我注意到了头顶上有天花板，还琢磨自己是怎么来到室内的，但随即阵阵疼痛便向我袭来——我的头，我的身体右侧，我的肚子——疼得我喘不上气来。我正躺在床上，一张真正的床，上面还有床单和枕头，但我只能躺在上面哼哼，任由疼痛在身体中游走。突然间，一个女人出现在我的视野中，面带微笑地低头看着我。她大约三十八或者四十岁，一头乌黑的鬈发，还有一双碧绿的大眼睛。尽管我当时疼得厉害，但还是可以看出她很漂亮——也许是我到这座城市以来见过的最漂亮的女人。

"肯定很疼吧。"她说。

"那你也不用笑，"我回答道，"我现在可没心情笑。"天知道我是在哪里学得这么能言善辩的，但是我痛得实在太厉害了，直接就把脑海中冒出的第一句话说了出来。不过，这个女人似乎并不反感，而是继续微笑着，像之前一样让人感到安慰。

"很高兴看到你还活着。"她说。

"你是说我没死？你必须向我证明，不然我不信。"

"你有一只胳膊骨折了，肋骨也断了几根，头上还有个很严重的包。但就目前来看，你似乎还活着。我觉得，你那条舌头就足以证明了。"

"你到底是谁啊，"我还是一副恶狠狠的口气，"慈悲天使？"

"我是维多利亚·沃本。这是沃本之家。我们在这里救助他人。"

"漂亮女人不能当医生,这是违反规定的。"

"我不是医生。我父亲才是,但他已经去世了。沃本之家是他创建的。"

"我听人说起过这个地方。我还以为是他瞎编的。"

"常有的事。什么该信,什么不该信,很难搞得清楚。"

"是你把我带到这里来的吗?"

"不是,是弗里克先生。弗里克先生和他的孙子威利。每个星期三下午,他们都会开车去巡逻。不是所有需要帮助的人都能自己找到这里的,你懂的,所以我们要出去找他们。我们希望能每星期试着接纳至少一个新人。"

"你是说,他们碰巧找到了我?"

"你从那扇窗户摔下来的时候,他们正好开车经过。"

"我不是想自杀,"我心有戒备地说,"你可不要胡乱猜疑。"

"跳楼者不会从窗户上往下跳。就算要从窗户跳,也一定会先把窗户打开。"

"我才不会自杀。"我又大声强调道,但刚说完这几个字,我的心里突然涌出了一个阴暗的事实。"我才不会自杀,"我又说了一遍,"我怀孕了,你明白吧,一个孕妇为什么会想自杀？她疯了才会那么做。"

看到她脸上表情的变化，我立刻明白出了什么事。不需要别人告诉我，我就明白了。我的孩子已经不在我肚子里了。孩子禁不住那么摔，现在已经死了。我完全不知道该怎么跟你描述。一切在那一刻都变得那么凄凉。一种原始的、兽性的痛苦控制了我，其中没有画面，没有思想，没有任何可以看到或者思考的东西。我一定是在她开口说话前就先哭了出来。

"你当初能怀孕，本身就已经是个奇迹了，"她用手摸着我的脸说，"这里已经不再有孩子出生了。你和我一样清楚。多少年都没有了。"

"我不管，"我一边抽泣，一边愤怒地说，"你错了。我的孩子本来是能活下来的。我知道我的孩子能活下来。"

每当我的胸口起伏时，肋骨都疼得像被火烧一样。我竭力忍着这种阵痛，反而疼得更厉害。我放弃了让自己保持静止的努力，结果又引来一阵阵难以忍受的痉挛。维多利亚试着安慰我，但我不想要她的安慰。我不想要任何人的安慰。"请出去吧，"我最后说道，"我现在不希望任何人在这里。你对我很好，但我需要自己待一会儿。"

我的伤过了很久才好。脸上的伤痊愈后没留下多少永久性损伤（额头和太阳穴附近各有一个疤），肋骨也如期愈合了。不过，那条骨折的胳膊接合得不太顺利，至今仍然会带给我相当多的麻烦：每次移动得太快或者方向不对就会很痛，而且也没法再伸直了。绷带在我头上缠了近一个月，肿块和擦伤都消下去了，但从那以后，我便留下了头痛的后遗症：时不时会犯刀割一样的偏头痛，后脑勺偶尔也会隐隐抽痛。至于其他的创痛，我不太想谈。我的子宫就像个谜，我根本没法估量里面发生的灾难。

但是，身体的伤还只是问题的一部分。和维多利亚的第一次谈话过去几个小时后，我又收到了更多的坏消息。那一刻我差点就要放弃，差点就不想活了。当天傍晚，她端着一盘食物再次回到我的房间时，我告诉她，得赶紧派个人去国家图书馆找萨姆。他肯定担心死了，我说，我现在需要和他在一起。现在！我尖叫着，我现在必须和他在一起。我突然像发了疯一样，痛哭不止。威利——一个十五岁的男孩——被派去办这件事，但是他带回来的消息却是毁灭性的。当天下午，图书馆突然失火了，他说，屋顶都已经塌了。没人知道火是怎么烧起来的，但现在大楼已经完全被火焰吞没了。有消息说，楼里困着一百多人。

至于有没有人逃出来，目前还不清楚，什么说法都有。但就算萨姆是幸存者之一，不管是威利还是别人，肯定也找不到他；要是他和其他人都已经遇难了，那我就失去了一切。我看不出还能有什么别的结局。如果他死了，那我也无权继续活着；如果他还活着，那我也几乎可以肯定再也见不到他了。

这就是我在沃本之家的第一个月中不得不面对的现实。对我来说，那是一段黑暗时期，比我以前经历过的任何时期都要黑暗。刚开始时，我住在楼上的房间。每天会有人来探视我三次——两次是送饭，一次是倒夜壶。楼下的人总是闹哄哄的（说话声、脚步声、呻吟声和大笑声、号叫声，以及夜里的鼾声），但我身体太虚弱，情绪也太消沉，根本懒得下床。我整天唉声叹气，盖着毯子闷闷不乐，莫名其妙地泪流满面。那时候，春天已经来了，大部分的时间里，我都在望着窗外的云，观察墙壁上方的装饰线条，盯着天花板上的裂缝。在最初的十到十二天里，我想我连门外的走廊都没去过。

沃本之家是一座五层的宅子，共有二十多个房间——远离街道，周围环绕着一座私家小花园——由沃本医生的爷爷修建，有近百年的历史了，被认为是城里最典雅的私人住宅之一。动乱时期开始后，无家可归者越来越多，沃本医生是最先呼吁关注这个问题的人之一。作为一位备受尊敬的医生，又出身于名门望族，他的呼吁得到了广泛响应。很快，支持他的事业就成了富人圈里的新时尚。通过举办募捐晚宴、慈善舞会等社会活动，人们最终把城里的一些建筑改造成了收容所。沃本医生关掉了自己的私人诊所，专门来管理这些所谓的"中途之家"。每天早上，他会让专职司机开车载他去探访，和住在那里的人交谈，竭尽所能地给他们提供医疗援助。他成了这座城里的传奇人物，人人皆知他的宅心仁厚和理想主义，每当人们说起时代的野蛮时，都会提到他的名字，以此来证明世间仍有高尚的行为。但那是很久以前的事了，那时还没有人能料到情况最后会崩溃到这种地步。随着局势不断恶化，沃本医生的项目取得的成功也逐渐遭到了动摇。无家可归者越来越多，数量几乎呈几何级增长，而捐给收容所的资金却在以同样的速度减少。富人纷纷带着自己的黄金和钻石潜逃出国，留下来的人也没有多余的钱来慷慨解囊了。沃本医生只好把自己的大部分钱都投了进来，但这也未能阻止失败的到来。最终，这些收容所一家接一家地关上了大门。换作别人可能早已放弃了，但他却拒绝就这么不了了之。救不了千人，他说，救百人也行，百人还救不了，那救二三十个总可以吧。数量已经不重要了。当时已经发生了太多事，他很清楚自己能提供的帮助只能是象征性的——一种拒绝彻底毁灭的姿态。那是六七年前的事，沃本医生已经六十多岁了。在女儿的支持下，他决定向陌生人敞开自家的大门，把家宅的底下两层改造成医院兼收容所。他们买了床铺和厨房用品，为了维持救助活动，一点点耗尽了家里剩下的财产。现金花光后，他们又开始变卖祖传的遗物和古董，慢慢把楼上的房间也腾空了。通过长期的艰苦努力，他们现在随时都有能力同时收容十八到二十四个人。穷人被允许待十天；病重者则可以待久些。每个人都能获得一张干净的床，一天还可以吃上两顿热饭。当然，这解决不了实质问题，但人们至少可以在困境里暂时喘口气，有个机会养精蓄锐，然后再继续前进。"我们能做的不多，"医生说，"但我们会尽己所能。"

我到那里时，沃本医生刚刚去世四个月。少了他以后，维多利亚和其他人仍在尽最大努力维持沃本之家的运营，但也不得不做出一些改变——特别是在医疗方面，因为这里没有一个人能做得了医生的工作。维多利亚和弗里克先生都是很称职的护士，但护理同看病、开药实在是差了十万八千里。我认为,这可以解释我为什么会受到他们的特别关照。因为自从医生死后,在所有被收容进来的人里,我是第一个在他们的护理下有所好转的人,也是第一个出现了康复迹象的人。在这种意义上,我为他们下定决心把沃本之家继续办下去提供了理由。我是他们的成功故事,是他们仍然能有所成就的光辉例证,因此,只要我看起来还需要护理,他们就会悉心照料我,纵容我的坏情绪,包容我的一切。

弗里克先生相信我真的是死而复生的。他给沃本医生当了很久的专职司机(他告诉我有四十一年),曾近距离地见证过许多生死关头,比大多数人一辈子见过的都多。但是听他说,还从来没见过像我这样的。"从来没有,先生,我是说小姐(No sir, miss),"他说,"你已经去了另一个世界。我亲眼所见。你死了,然后又活了过来。(You was already in the other world. I seed it with my own eyes. You was dead, and then you come back to life.)"弗里克先生讲话有点奇怪,不太符合语法,所以经常会把他试图表达的想法搞得一团糟。我觉得这和他的智商没关系——就是字词本身给他制造了麻烦。他的舌头无法灵活地操控语言,有时会被卡住,就像那些字词是实实在在的物体,或者说就像他的嘴巴里真的含着石子似的。因此,他似乎对于字词本身的内在属性特别敏感:它们那仿佛已经脱离了语义的发音、它们的对称性和矛盾性。"语言是告诉我如何知道的东西,"他有一次跟我解释说,"这就是我能活到这么老的原因。我叫奥托(Otto)。正着读是Otto,反过来也是。它不会在某个地方戛然而止,而是会重新开始。所以我就能活两次,是其他人的两倍。你也一样,小姐。你的名字和我的一样。A-n-n-a。正反都一样,就像我的名字奥托。这就是你可以重生的原因。好福气啊,安娜小姐。你死了,然后我亲眼看到你重生。真是好福气。"

这位老人瘦骨嶙峋、腰板挺直,松弛下垂的面颊跟象牙一样白,浑身上下透着一种冷静淡然的气质。他对沃本医生始终忠心耿耿,到现在还在继续保养那辆医生当年坐过的车——一辆很老的十六缸皮尔斯箭头牌汽车,两侧都有脚踏板,里面的座位是真皮的。这辆五十年前制造的黑色轿车是医生唯一的爱好,每个星期二晚上,不管还有多少别的工作要做,弗里克都会到宅子后面的车库里,花上至少两个小时给车做抛光和清洗,让它以最好的状态迎接星期三下午的巡逻。他把发动机改造成了甲烷驱动,这双巧手绝对是沃本之家至今屹立不倒的主要原因。他修理了水管，安装了淋浴，还新挖了一口井。这些以及其他各种改进，让这个地方在最艰难的时期也一直运转正常。他的孙子威利在所有这些项目中一直都是他的助手，这个身材矮小、性格孤僻的孩子，总是穿着一件绿色的连帽卫衣，默默跟在爷爷后面，做完一项又去做下一项。弗里克的计划是，教给孙子足够的本事，这样等自己去世后，他就能接班了，但威利似乎并不是一个学东西特别快的孩子。"不用担心，"有一天，弗里克跟我说起了这个问题，"我们正在慢慢教威利。这事没么着急。等到我准备好蹬腿的时候，那孩子估计也长成老头了。"

不过，对我最感兴趣的人还是维多利亚。我之前说过，我的恢复对她而言特别重要，但依我看，还有比这更重要的原因。她渴望与人交流，我的体力逐渐恢复后，她上楼来看我的次数也多了起来。她父亲去世后，便只剩下她和弗里克、威利来经营收容所和处理日常事务，连一个能和她互诉衷肠的人都没有。慢慢地，我似乎成了那个人。我们两个交流起来没什么困难，随着友谊的加深，我逐渐意识到我们其实有很多共同点。诚然，我没有生在维多利亚那种富贵人家，但我的童年也算衣食无忧，享受过中产阶级的种种好处与便利，而且从小到大，一直认为我想要的一切都唾手可得。我上的是好学校，讨论起书来也头头是道。我知道博若莱葡萄酒和波尔多葡萄酒的区别，我明白舒伯特为什么比舒曼伟大。考虑到维多利亚生于沃本家族那种世界，我可能是她多年以来遇到的最接近她那个阶层的人了。我并不是在暗示维多利亚是个势利小人。金钱本身引不起她的兴趣，而且很久以前，她就已经把金钱所代表的那些东西都抛弃了。只是我们之间有一定的共同语言，当她和我说起自己的经历时，无须过多解释，我就能明白她在说什么。

她结过两次婚——第一次很短，被她嘲讽为一场"特别门当户对的结合"，第二次，她嫁给了一个叫汤米的人，但我一直不知道他姓什么。很显然，他以前是个律师，他们两人一共生了两个孩子，一女一男。动乱开始后，他逐渐被卷入了政治当中，先是担任了绿党的副书记（这里的政治党派一度都以颜色命名），后来绿党与蓝党达成战略联盟、前者成员被后者吸收后，他又担任了蓝党的城市协调员，负责城市西部的事务。十一二年前，第一次反收费站起义发生时，他被困在"尼禄景色"附近的暴乱中，被一名警察的子弹打死了。汤米死后，她父亲劝她带着孩子们离开这个国家（当时孩子们分别只有三岁和四岁），但维多利亚拒绝了。相反，她让汤米的父母带着孩子们去了英国。她说，她不想和别人一样放弃抵抗、一走了之，但也不想让孩子们遭受那些必将到来的灾难。我觉得，有些抉择是一个人永远不该被迫去做出的，因为它们只会给心灵带来巨大的负担。不管怎么选都会后悔，而且只要你还活着，就会一直后悔下去。孩子们去了英格兰之后的一两年里，维多利亚还能写信和他们保持联系。但随着邮政系统的逐渐瘫痪，来信开始变得时断时续、难以预料——总是在焦灼地等待，寄出去的信仿佛石沉大海——直至最终完全停止。那已经是八年前的事了。自那之后再无音讯，维多利亚也早已放弃了再次收到他们来信的希望。

我提到这些，是为了让你明白我和她的经历有多么相似，正是这些联系让我们成为了朋友。她所爱的人从她的生活中消失了，而我也失去了我所爱的人。我们的丈夫和孩子，她父亲和我哥哥——不是死亡，就是失踪。因此，等我恢复到可以离开时（但说真的，我又能去哪里呢？），她邀请我继续留在沃本之家工作，似乎是再自然不过的事。这虽然不是我希望的解决办法，但从目前的情况看，我似乎也没有别的选择。这个地方的行善哲学——帮助陌生人、为某项事业牺牲自己的理念——让我有点不舒服。这种原则对我来说太抽象、太热切、太无私了。我一直相信萨姆的书，但那是因为他是我的爱人、我的生命，要把自己奉献给陌生人的话，我很怀疑我能否做到这一点。维多利亚看出我不太情愿，但她没有跟我争论，也没有试图改变我的想法。我想，正是因为她的克制，反倒促使我接受了她的邀请。她没有慷慨陈词，也没有试图说服我，让我相信这能拯救我的灵魂。她只是说："这里还有很多工作要做，安娜，多得我们都做不完。我不知道你将来会怎么样，但是破碎的心有时可以通过工作来修复。"

日常工作太多、太累。与其说是疗伤，倒不如说是分散注意力，不过，任何能减轻痛苦的事，我都求之不得。毕竟，我从没期待过会有奇迹发生。这类期待早被我用光了，而且我也明白，从现在起，一切都将是"余波"——一种活死人的可怕生活，我的生活已经结束了，但我还会继续活着。因此，痛苦并没有消失。但渐渐地，我开始注意到自己哭的次数变少了，晚上入睡前也不一定会把枕头哭湿，有一次，我甚至发现自己已经连续三个小时没去想萨姆了。我承认，这些都是不值一提的胜利，但考虑到我当时的状态，我实在没资格去嘲笑它们。

楼下一共有六个房间，每间有三四张床。二楼有两个单人间，专门留给重症病人，我在沃本之家的前几个星期就住在其中一间里。开始上班后，我被安排住在四楼的一间独立卧室。维多利亚的房间离我的不远，都在同一条走廊上，弗里克和威利则住在她正上方的一个大房间里。仅有的另一名员工，也就是又聋又哑的玛吉·瓦因，住在楼下厨房旁边的房间，具体年龄不清楚，担任厨师和洗衣工。她的个头很矮，大腿粗短，长着一头乱蓬蓬的红头发。除了跟维多利亚打手语外，她不和任何人交流。工作时，她总是一副闷闷不乐的恍惚状态，执拗而又高效地完成每一项分配给她的任务，而且她每天都要工作很长时间，我都怀疑她是不是根本不睡觉。她很少跟我打招呼或者理会我，但偶尔只有我们俩的时候，她会拍拍我的肩膀，脸上涌起一个大大的微笑，然后精心表演一段哑剧，模仿歌剧演员吟唱咏叹调——包括夸张的姿势和颤抖的喉咙。接着，她会鞠个躬，优雅地向正在欢呼的假想观众致谢，然后又突然回到她的工作上来，中间完全没有停顿或过渡。真是叫人发疯。类似的情况至少发生过六七次，但我永远都分不清她是在逗我还是在吓我。维多利亚说，在这里的这么多年来，玛吉还从没为别人唱过。

每一位居民——我们会这么称呼他们——在获准住进沃本之家前，必须先同意一些条件。例如，不能打架或偷东西，愿意帮忙做杂务：整理自己的床铺，饭后把盘子送到厨房，等等。作为交换，沃本之家会为居民提供食宿、一套新衣服、每天洗澡的机会，以及无限次使用的各种设施，包括楼下的客厅——里面有很多沙发和安乐椅、一间藏书丰富的书房和各种娱乐用具（纸牌、宾戈、双陆棋）——以及宅子的后院，天气好的时候，在那里待着特别舒服。在远处的一角，有一个槌球场、一张羽毛球网，还有一大堆草坪躺椅。不管以什么标准来看，沃本之家都是一片乐土，一处恬静怡人的避难所，痛苦和肮脏全被隔在了墙外。你可能会觉得，如果有机会在这样的地方待几天，人们会尽情享受每一刻，但事实似乎并非总是如此。当然，大多数人都很感激他们获得的一切，但也有不少人过得很艰难。居民吵架拌嘴时常发生，而且似乎什么事情都有可能激怒他们：看不惯某个人吃东西或者抠鼻子的样子，或者这个人和那个人的意见不合，或者其他人睡觉时有人咳嗽或打鼾了——总之就是人们突然被扔到同一个屋檐下时会发生的那类争吵。这些事确实没什么不寻常的，但我总是觉得它们很可悲，就像一场悲伤又荒诞的小闹剧，一次又一次地反复上演。几乎所有的沃本之家的居民都曾长期流落街头。或许那种生活与现在的生活之间的对比，对他们来说太过强烈了。你本来已经习惯了自己照顾自己，只为自己谋福利，但突然间，有人却告诉你，你必须要和一群陌生人——一群你学会了不再去信任的人——合作。既然你知道过不了几天自己又要回到街头，那有必要因此而改掉自己的个性吗？

其他一些居民来到沃本之家后，似乎有些失望。这些人等待了很长时间才被收进去，所以他们的期待早已膨胀到了不合理的程度——将沃本之家想成了人间天堂，觉得他们所有的渴望都能在这里变成现实。获准入住的信念支撑着他们度过了一天又一天，可真的进去之后，他们必然会感到失望。毕竟，他们并不是真的来到了魔法王国。沃本之家确实是个好地方，可它仍然存在于现实世界里，你能在那里找到的只有更多的人间生活——或许是更好的生活，但仍然和你一直了解的生活没什么两样。值得注意的是，每个人都会迅速适应那里提供的物质享受——床铺和淋浴、可口的食物和干净的衣服，以及无所事事的机会。在沃本之家住上两三天后，之前还从垃圾桶里翻找东西吃的男男女女们就可以像臃肿的中产阶级市民一样，泰然自若地围坐在一张摆着很多诱人食物的桌子旁大快朵颐。或许这并不像看起来那么奇怪。习惯成自然。具体到食物和住房这样的基本需求，这些或许称得上是"天赋权利"的需求上时，我们很快就会把它们视为自身不可分割的部分。只有失去时，我们才会注意到那些曾经拥有的东西，可一旦重新得到了，我们便又不再注意它们了。一些人对沃本之家感到失望，问题就出在这里。长期以来，他们一直贫困交加，顾不上去想别的，但一旦找回失去的东西后，他们却惊讶地发现，原来自己身上并没有发生什么重大的变化。世界还是老样子。他们的肚子现在已经填饱了，可其他一切却根本没有改变。

我们总会小心提醒人们，在沃本之家的最后一天会很艰难，但我不觉得这些建议能有什么用处。这种事你是没办法提前做准备的，我们也不可能预料到谁会在关键时刻犹豫回避、谁又不会。有些人离开时毫无痛苦，有些人却无法面对。一想又要回到街上，他们就痛苦至极——尤其是那些性情温柔和善，对我们提供的帮助最心怀感激的人——所以有时候，我会严重怀疑这么做是否真的值得，是不是事实上，袖手旁观要比送出礼物后又很快抢回来更好呢？整个过程极其残酷，看着成年男女突然跪在地上，乞求你再让他们多待一天，目睹他们痛哭流涕、大声嚎叫，呼天抢地，我常常感到无法忍受。有些人会装病——假装晕死过去，或者突然瘫痪——另一些人甚至不惜自残：割腕，用剪刀剜腿上的肉，砍掉手指或脚趾。最极端的还有自杀，我记忆中至少就有三四起。在沃本之家，我们本应帮助人们，但有时候，我们实际上却是在摧毁他们。

不过，这其中的困境也着实巨大。你一旦接受了沃本之家这种地方或许不无益处的观点，就会陷入一片矛盾的沼泽。只是主张应该允许居民待久一点，实际上远远不够——尤其是考虑到公平问题。比如，那些站在外面、正等着进来的人怎么办？沃本之家每有一个占了一张床的人，外面相应就有几十个恳求被收容的人。哪个更好——给一大群人提供少量帮助还是给一小群人提供大量帮助？我觉得这个问题没有答案。沃本医生创办这里时有一套特定的规矩，维多利亚决心奉行到底。这么做不一定对，但也没有错。问题不在于方法本身，而是问题本身的性质。有太多人需要帮助，但没有足够的人来帮助他们。这种比例造成的灾难是不可抵挡的。不管你工作得有多卖力，都免不了失败。长话短说，整个情况就是这样。除非你愿意承认这份工作的徒劳无益，否则根本没必要继续做下去。

我把大部分时间都花在了面试申请者、填写等待名单、整理入住日程等事务上。面试时间是早上九点到下午一点，我平均每天要接待二十到二十五个人，在宅子的前厅一个接一个地单独接见他们。据说以前发生过一些恶性事件——暴力袭击、结群硬闯——因此在面试时，都得有一名荷枪实弹的警卫值勤。弗里克会端着一把步枪站在前门台阶上监督，确保队伍井然有序，避免情况失控。宅子外的人数可能会多到吓人，尤其是在天气温暖的几个月里。不管什么时候，街上都有五十到七十五个人在排队，这都是很平常的事。这意味着，我每天要见的大部分人都已经等了三到六天不等——睡在人行道上，随着队伍一点点往前挪，固执地坚持着，直到最后轮到自己——只求获得一个面试的机会。一个接一个地，他们跌跌撞撞地进来见我，人流没完没了，永不停息。他们会在桌子对面的一张红皮椅上坐下，我会询问他们所有必要的问题。姓名、年龄、婚姻状况、曾经的职业、最后一处永久住址，等等。这些基本上用不了几分钟就问完了，但面试很少会在那一刻终止。他们都想跟我倾诉自己的经历，而我别无选择，只能听他们讲。每个人的故事都不一样，但到最后，每个故事又总是殊途同归。一连串的霉运，错误的判断，越来越严重的情势。我们的人生不过是各种偶然事件的总和，无论细节如何千差万别，本质上都少不了随机性：这个，然后那个；因为那个，所以这个。有一天，我醒来后看见了。我的腿受了伤，所以跑得不够快。我妻子说了，我母亲摔了，我丈夫忘了。类似的故事我已经听了上百遍，有时候我觉得自己都快受不了了。我必须抱着同情的态度，在所有该点头的地方点头，但我试图保持的那种冷静、专业的态度实在敌不过我听到的那些事。我不适合听那种女孩子在安乐死诊所当妓女的故事，也受不了那些母亲讲述的孩子死掉的经过。这一切都太残忍、太冷酷了，我能做的，只有躲到工作的面具后面。我会把某个人的名字写在名单上，然后告诉他一个期限——两个、三个甚至四个月后。我会说，那时候我们应该能给你一个名额。等轮到他们来沃本之家时，我会给他们登记入住。这是我下午的主要工作：带新人熟悉环境，向他们交代规矩，帮他们安顿下来。他们中的大多数都能按照我在几周前为他们预约的时间来报到，但也有一些人会失约。个中缘由不难猜测。按照规定，我们会为那个人保留一天的床位。如果第二天他还是没来的话，我就会把他的名字从名单上划去。

沃本之家的供货人名叫鲍里斯·斯捷潘诺维奇。他会给我们送来所需的食物、香皂、毛巾，以及其他零散的用具。他一般每周来四五次，把我们要的东西送来，再带走一件沃本家的宝贝：一个瓷茶壶，一套椅罩、一只小提琴或一个相框——都是存放在五楼各个房间里的物品，持续为沃本之家的运营提供现金流。维多利亚告诉我，他们和鲍里斯·斯捷潘诺维奇打交道已经很久了，从沃本医生最初开办收容所的时候就开始了。据说两人很多年前就认识了，但就我对医生的了解，他和鲍里斯·斯捷潘诺维奇这种不可靠的人结成朋友着实让我有些意外。我想可能是因为医生曾救过鲍里斯的命，但也有可能正好相反。我听到过几个不同的版本，从来没搞清楚过哪一个是真的。

鲍里斯·斯捷潘诺维奇是个体态丰满的中年人，以这座城市的标准来衡量的话几乎可以算是胖子。他喜欢把自己打扮得花里胡哨（皮帽、手杖、胸花），他那粗糙的圆饼脸，则让我想起了印第安酋长或东方君主。他无论做什么事都有一套自己的风格，就连抽烟也一样——把烟紧紧捏在拇指和食指间，烟头冲上，优雅又淡然地吸上一口，再把烟从他那大鼻孔里呼出来，就像水壶烧开后往外喷蒸汽一样。不过，你很难跟得上他在讲什么，我和他熟起来后，才慢慢习惯他那种一张嘴就让人困惑不已的说话风格。他很喜欢讲那种生僻观点和晦涩典故，连最简单的话都要用华丽造作的意象来包装一下，你很快便懒得再去搞懂他要表达什么意思。鲍里斯讨厌受约束，所以把语言当成了一种运动工具——不断地移动，跑来跑去，声东击西，盘旋，消失，接着又出现在另一个地方。有一段时间，他前前后后跟我讲过很多他自己的事，各种相互矛盾的人生经历，以至于到后来，他说什么我都不信了。比如前一天，他会信誓旦旦向我保证，他出生于这座城市，而且从小到大都生活在这里。可第二天，他就像忘了之前讲的故事一样，又说他出生在巴黎，父母是俄罗斯侨民，他是家中的长子。然后，他会再次改口，承认鲍里斯·斯捷潘诺维奇不是真名。由于年轻时和土耳其警察的龃龉，他只好改名换姓。自那以后，他又改过无数次名字，搞得他甚至都想不起来自己真名叫什么了。没关系啦，他说，人必须活在当下，只要你知道自己现在是谁，谁在乎你上个月是什么样呢？本来，他说，他是印第安阿耳冈昆族人，但他父亲死后，母亲改嫁给了一位俄国伯爵。他自己从没结婚，或者结过三次婚——取决于哪个版本符合他当下的目的。每当鲍里斯·斯捷潘诺维奇讲起一段个人经历，都是为了证明某个观点——好像诉诸个人经验就能让他在任何主题上拥有终极权威似的。出于这个原因，他也干过所有你能想到的工作，从最卑微的体力劳动到最显贵的行政职位。他曾经做过洗碗工、杂耍演员、汽车销售、文学教授、扒手、房地产经纪人、报社编辑，以及专营女装的大型百货公司的经理。我显然忘了其他一些，不过你明白我的意思就行。鲍里斯·斯捷潘诺维奇从未真的期待过你会相信他的话，但同时，他也从没把自己编造的种种当成谎言。对他而言，这些几乎是某种他有意识地创造出来的更美好的世界的一部分——这个世界可以随着他的想法而变，不必受制于那些约束着其他人的法则或者令人绝望但又不得不做的事务。就算他算不上一个最严格意义上的现实主义者的话，那他也绝不是一个自欺欺人的人。鲍里斯·斯捷潘诺维奇并不像表面看起来那样，是个玩弄心机的牛皮大王，在他的虚张声势和热情友好之下，总是暗藏着一些别的东西——或许是一种洞察，某种更深层次的理解。我倒不至于说他是个好人（至少不是伊莎贝尔和维多利亚那种意义上的好人），但鲍里斯拥有并且坚持着自己的一套原则。和我在这里遇到的其他人不同，他似乎做到了超然物外。饥饿、谋杀、最残暴的经历——都被他躲过甚至挺过了，但他却总是一副毫发无损的样子。就好像他已经事先想到了所有的可能性，因此对于后来发生的事都不感到惊讶。这种态度中包含了一种如此根深蒂固、极具毁灭性而又完全符合事实的悲观主义情绪，反而让他变得乐观起来。

每个星期有一两次，维多利亚会叫我陪着鲍里斯·斯捷潘诺维奇到城市各处转转——他称之为"买卖远征"。倒不是说我能帮上他多少忙，但有机会不用上班，哪怕只是几个小时，我也很开心。我觉得，维多利亚理解这一点，她很小心地不给我太大压力。我的情绪仍然低落，而且在大多数情况下，我的心理状态依旧很脆弱——莫名其妙就容易心烦、发脾气或者不想说话。鲍里斯·斯捷潘诺维奇对我来说可能是一剂良药，而我也开始期待我们的短途旅行，可以借此抛开那些单调的念头，暂时休息一下。

我从没参与过鲍里斯的采购之旅（他会给沃本之家搞来食物，搜罗到我们订购的各种物件），但他去卖维多利亚决定拿来变现的那些物品时，我倒是经常观察他。他会在这类交易中抽取百分之十的佣金，但你看他卖东西的样子，真会以为他完全是在为自己工作。鲍里斯有一条规矩，那就是同一个复活代理人，一个月至多去找一次。因此，我们会在城里到处跑，每次都向着不同的方向出发，经常会跑到我以前从没见过的地方。鲍里斯以前有辆车——据他说是一辆斯图兹勇士——但他觉得道路状况太不可靠了，所以现在去哪里都是靠两只脚。他会把维多利亚给的东西夹在胳膊底下，边和我走路，边临时选择前进路线，总能小心地避开人群。他会带着我穿过偏僻的小巷和废弃的小路，熟练地走在坑坑洼洼的人行道上，避开无数的危险和陷阱，时而向左转，时而向右拐，一次都没打乱过步调。相对于他的体型而言，鲍里斯的行动敏捷得惊人，连我都经常跟不上他的步伐。他会一边自顾自地哼着歌，或者絮絮叨叨地讲着各种事，一边紧张而愉悦地手舞足蹈着往前走，而我则跟在他后面一路小跑。他似乎认识所有的复活代理人，而且对待每个人都有一套不同的方法：对于某些人，他会破门而入直接搂住；对于另一些，他则会悄悄溜进去。每个人都有他的弱点，鲍里斯总会投其所好。如果某个代理人喜欢被人奉承，鲍里斯就会奉承他；如果某个代理人喜欢蓝色，鲍里斯就会给他蓝色的东西。有些人喜欢举止高雅，有些人乐于称兄道弟，还有的人则习惯公事公办。鲍里斯会满足他们所有人，见风使舵，不会有一丝良心上的刺痛。不过，这都是游戏的一部分，而鲍里斯没有一刻不把它当成游戏来玩。他的故事全都荒谬至极，可他编得那么快，想得那么详尽，说得那么言之凿凿，你实在很难不被他骗到。"这位仁兄"，比如他会说，"你仔细看看这个茶杯。如果愿意，你可以拿在手上试试。闭上眼睛，把它放到唇边，想象你正在喝茶——就像三十一年前，我在奥勃洛莫夫伯爵夫人的客厅里那样喝着茶。那时我还很年轻，在大学念文学专业，而且很瘦，如果你能相信的话，又瘦又帅，长着一头漂亮的鬈发。伯爵夫人是明斯克当时最迷人的女人，一位倾国倾城的年轻寡妇。她的丈夫继承了奥勃洛莫夫家族的偌大家业，结果却在一次决斗中被杀死了——事关荣誉，我就不细说了——你可以想象一下，这对她那个圈子的男人造成了多大的影响。她的追求者甚众，她的客厅让所有明斯克人都羡慕。真是个大美人啊，兄弟，她的美貌让我至今都念念不忘：那一头火红的秀发；一起一伏的白嫩酥胸；还有闪烁着智慧的双眸——啊，是的，其中总是流露出一丝难以捉摸的顽皮。谁见了都会为之疯狂。我们争相博取她的注意，我们崇拜她，我们给她写诗，我们都爱她爱得无法自拔。但是，只有我，年轻的鲍里斯·斯捷潘诺维奇，成功赢得了这位绝代佳人的芳心。我跟你讲的这些，丝毫没有夸张。如果你当年见过我的话，就会明白她为何倾心于我了。我们跑到城市偏远的角落约会,或者在深夜里幽会,或者她会偷偷跑去我的阁楼(她会乔装打扮后再上街),我还曾在她乡下的庄园度过了一个令人如痴如醉的漫长夏天。伯爵夫人慷慨地宠幸着我——不光是用她本人,虽然这已经够了,我向你保证,远远不止!她还给我各种各样的礼物,无穷无尽的恩惠。一套皮革装订的普希金。一个银质的茶壶。一块金表。太多东西,恕我无法一一列举。其中有一套精致的茶具,曾经属于一位法国廷臣(我记得是方托马斯公爵),我平时都舍不得用,只有当她来看我时,当激情让她穿过明斯克白雪皑皑的街道扑到我怀里来时,才会拿出来。唉,时间太残酷了。这套茶具这些年来也是命运多舛:碟子裂了,杯子碎了,一个世界消失了。可尽管如此,还是有一个杯子,同过去的最后一段联系,幸存了下来。请温柔些,我的朋友。你手中捧着的,可是我的记忆啊。"

我认为,其中的诀窍在于他简直能把死物说活。鲍里斯·斯捷潘诺维奇会把复活代理人的注意力从东西本身上转移开,诱使他们来到一片新天地,在那里,售卖的不再是茶杯本身,而是奥勃洛莫夫伯爵夫人。故事真实与否并不重要。一旦鲍里斯开始讲话,就足以完全把水搅浑。声音可能是他最强大的武器。他有着极佳的语调和音色,讲话时总是交替使用硬音和软音，一连串精心排列的音节密集地倾泻而出，听起来抑扬顿挫。鲍里斯过分偏爱引经据典的成语和文绉绉的辞藻，不免有些死板，但故事却异常生动。风格就是一切，而鲍里斯不吝使用哪怕是最拙劣的伎俩。如有必要，他甚至会挤出点真的眼泪。如果情况需要，他甚至会把东西摔到地板上。有一次，为了证明他对一套看起来非常易碎的玻璃杯很有信心，他竟然拿着它们在空中抛接了五分多钟。这类表演总会让我有点尴尬，但毫无疑问，它们是有效的。毕竟，价值取决于供需关系，而人们对珍奇古董的需求并不大。只有富人、黑市奸商、垃圾经销商和复活代理人自己买得起——鲍里斯要是一个劲儿说它有多大用处，那就搞错重点了。关键在于把它们说成奢侈品，是可以珍藏的物件，因为它们象征着财富和权力。这就是他要编造奥勃洛莫夫伯爵夫人和十八世纪法国公爵的故事的原因。当你从鲍里斯·斯捷潘诺维奇那里买到一个古董花瓶时，得到的不仅仅是花瓶本身，还有与之相关的整个世界。

　　鲍里斯的公寓位于绿松石大道上的一座小楼里，距沃本之家不超过十分钟。和复活代理人做完生意后，我们经常会去那边喝杯茶。鲍里斯很喜欢喝茶，通常还会搭配茶点——温莎大道上的蛋糕房里那些各种贵得不像话的点心：奶油泡芙、肉桂面包、巧克力手指饼，全都是花了大价钱买来的。不过，鲍里斯无法抗拒这些小嗜好，所以他会慢慢地享用它们，他嚼东西时，喉咙里会咕噜作响，有如一段微弱的音乐，一种稳定的声音暗流，介于笑声与长叹之间。我也很享受这些茶会，但与其说是因为那些吃的，不如说是因为鲍里斯坚持要和我一起喝茶。我年轻的寡妇朋友太憔悴啦，他会说，我们必须让她的骨头上多长点肉，让她的脸颊红润起来，让安娜·布卢姆小姐的眼中重焕光彩。* 我很难不喜欢这样的待遇，有时候，我甚至感觉，鲍里斯的兴高采烈不过是为了我好而装出来的假象。他接连扮起了小丑、无赖和哲学家的角色，但我越了解他，就越觉得这些都是他同一种人格的不同面向罢了——他在使尽浑身解数想让我重新活过来。我们成了挚友，我很感激鲍里斯，感激他对我的同情，感激他狡猾而又执着地向我的悲伤堡垒发起攻击。

他的公寓是个简陋的三居室，到处都堆着多年积攒下来的东西——陶器、衣服、手提箱、毯子、布料，以及各

---

* 布卢姆（Bloom）在英文中有面色红润、容光焕发的意思。

种小摆设。一回到家,鲍里斯便会回到卧室脱掉西装,小心地挂进衣橱里,然后换上旧裤子、拖鞋和浴袍。最后这样东西绝对是一件来自过去的怪诞纪念品——一件红色天鹅绒质地的长浴袍,领子和袖口上装饰着貂皮,不过现在已经破烂不堪了,袖子上满是虫子蛀的洞,后背的料子也快磨破了——但鲍里斯还是会以惯常的做派穿着它。他把那稀疏的几绺头发往后一捋,再往脖子上喷点古龙水,然后大步走到拥挤不堪、落满灰尘的客厅里,开始准备茶点。

大部分情况下,他会讲些自己的人生经历来逗我开心,但有的时候,我们也会看看房间里的各种东西,聊聊它们——比如装古玩的盒子、稀奇的小玩意、上千次"买卖远征"的琐碎战利品。鲍里斯尤其为他收集到的帽子感到自豪,把它们全都放在了靠窗的一个大木箱里。我不知道里面有多少顶,但感觉至少应该有二三十,或许更多。我们喝茶时,他偶尔会拿出几顶,和我一起戴上。他觉得这个游戏很好玩,我承认自己也很喜欢,虽然我说不清是为什么。牛仔帽、圆顶礼帽、土耳其毡帽、遮阳帽、学士帽、贝雷帽——你能想到的帽子都有。每次我问鲍里斯为什么要收集帽子,他都会给我一个不同的答案。有一次,他说戴帽子同他的宗教信仰有关。另一次,他却解释说,每顶帽子都曾属于他的某个亲戚，戴着它们是为了同祖先的亡灵交流。他说，只要戴上某顶帽子，他就获得了那位前主人的精神品质。实际上，他还给每顶帽子取了名字，但在我看来，这更像是他对那些帽子的私人感情的投射，而非那些真正活过的人。例如，土耳其毡帽叫阿卜杜勒叔叔。圆顶礼帽叫查尔斯爵士。学士帽叫所罗门教授。不过，还有一次，我再次提到这个话题时，鲍里斯又解释说，他喜欢戴帽子，因为它们可以阻止他的想法从脑袋里飞走。如果我们喝茶时戴着帽子，那么聊天肯定会有智慧和情趣。他拽起了法语：*Le chapeau influence le cerveau, Si on protège la tête, la pensée n'est plus bête.**

那似乎是鲍里斯唯一一次放下戒备，向我敞开心扉，所以也是我记忆中最清楚的一次，现在回想起来依然历历在目。那天下午下着雨——淅淅沥沥地下了一整天——我特别不想离开他温暖的公寓回沃本之家，所以比往常多磨蹭了一会儿。鲍里斯有些奇怪，心情似乎很忧郁，在那里做客的大部分时间里都是我在说话。当我最终鼓足勇气穿上大衣，准备告辞时（我仍旧记得羊毛潮湿的气味、蜡烛

---

* "帽子会影响大脑。如果我们保护好脑子，思想就不会愚蠢了。"

在窗户上的倒影,当时的房间给人的感觉就像个山洞),鲍里斯伸出手,紧紧握住我的手,抬头看着我,脸上挂着严肃又神秘的微笑。

"你一定要明白,一切都是幻象,亲爱的。"他说。

"我不太懂你的意思,鲍里斯。"

"沃本之家。只是空中楼阁。"

"我觉得还挺牢固的啊。我每天都在那里,你知道的,那房子从没移动过。甚至都没摇晃过。"

"目前是这样。但再过一段时间,你就明白我在说什么了。"

"'一段时间'是多长时间?"

"该过多长时间,就是多长时间。五楼房间里的东西有限,你明白吧,迟早会卖光。现在已经越来越少了——某样东西一旦没了,就再也找不回来了。"

"那很可怕吗?一切都会结束,鲍里斯。我不知道沃本之家为何就要有所不同。"

"你当然可以这样说。但可怜的维多利亚呢?"

"维多利亚又不傻。我敢肯定她自己也想过这些。"

"但维多利亚也很固执。她会坚持到最后一格拉特也花光为止。在那之后,她和那些她一直想帮助的人们就没什么差别了。"

"那是她自己的事吧?"

"是,也不是。我答应过她父亲要照顾她,我不想食言。要是你见过她年轻时的样子就明白了——几年前,在社会崩溃之前,那么漂亮,充满了生气。一想到她可能会有不好的遭遇,我就觉得痛苦。"

"你太让我意外了,鲍里斯。你这副样子太多愁善感了。"

"恐怕,我们都在讲自己的鬼语吧。我看过墙上的那些字迹*,没有一句能给我任何信心。沃本之家的资金终会耗尽。当然,我这间公寓里的东西倒是能再维持一阵,"——鲍里斯大手一挥,指了指在房间里的所有东西——"但这些很快也会耗尽。除非开始向前看,否则我们大家就都要完蛋了。"

"你到底想说什么呢?"

"制定计划。考察可能性。行动。"

"你觉得维多利亚会赞同吗?"

"不一定。但如果你能站在我这边,我们至少还有机会。"

---

* I've read the handwriting on the wall,典出《但以理书》,意指不可逆转的灾难即将来临。

"你凭什么觉得我能影响她?"

"我长着眼睛。我看得出发生了什么,安娜。维多利亚从来没有像对你这样对待过别人。她简直迷上你了。"

"我们只是朋友。"

"可不止呢,亲爱的。远远不止。"

"我不知道你在说什么。"

"你会知道的。迟早有一天,你会明白我说的每一句话。我敢保证。"

鲍里斯说得没错。最终,我明白了。最终,所有可能发生的事都发生了。不过,我花了很长时间才明白过来。事实上,直到它们扑面而来时,我才真正看清它们——但这或许也情有可原,毕竟我是有史以来最无知的人。

请耐心听我讲。我知道我现在有点结结巴巴,但接下来我要说的话,不是那么容易就能说出口。你一定要试想一下我们当时的生活状态——厄运将至的感觉重重地压在心头,不真实的氛围似乎萦绕着每一刻。女同性恋只是一个毫无人情味的术语,无法充分描述事实。维多利亚和我并没有成为通常意义上的那种伴侣。相反,我们成了彼此的避风港,可以在孤独时去对方那里寻找慰藉。从长远来看，性是其中最不重要的部分。毕竟，身体就是身体，触摸你的手是男人的还是女人的，似乎并不重要。和维多利亚在一起让我很快乐，也给了我再次活在当下的勇气。这才是最重要的。我不再总是回头看，内心背负的无数伤痛似乎在被一点一点地抚平。我没法完全恢复到以前的样子了，但至少我不再痛恨自己的生活。一个女人爱上了我，然后我发现，原来我有能力爱她。我并不是在要求你理解这一点，你只需把它当作一个事实来接受就好。我的人生中有很多后悔的事，但这件事不算其中之一。

整件事始于夏末，也就是我来到沃本之家的三四个月之后。某天深夜，维多利亚又来到我的房间，和我聊天，我记得自己当时累得要命，后腰特别痛，心情也比平时更沮丧。于是，她开始给我按摩后背，试着放松我的肌肉，是那种朋友之间的按摩，任何人在这种情况下都会做的那种姐妹般的善意行为。但是，我已经好几个月没被人碰过了——上一次还是跟萨姆一起度过的最后一夜——都快忘记像这样被人按摩有多舒服了。维多利亚的手沿着我的脊柱上下游走，后来，她把手伸进我的T恤，用手指触摸着我的皮肤。这对我来说简直太刺激了，很快我便舒服得快上天了，感觉身体就像是要散架了一样。不过，即便如此，我也不觉得我们明白将会发生什么。那个过程很缓慢，只是漫无目地从一个阶段移动到下一个阶段。期间某个时候，床单从我的腿上滑了下去，我也懒得去捡。维多利亚的手抚摸过我身上越来越多地方，抓揉着我的大腿和屁股，慢慢抚摸至我的身体两侧，然后又往上到了我的肩膀，到后来，我全身上下没有一处不想被她抚摸。

我翻过身平躺着，维多利亚俯身覆上来，浴袍下一丝不挂，一侧的乳房从襟口探出来。你好美，我对她说，我简直想去死了。我微微坐起身，开始亲吻她那只乳房，那个远比我的要丰润美丽得多的乳房，亲吻那柔软的棕色乳晕，沿着若隐若现的青色血管舔舐着她的肌肤。对我来说，这是一件很严肃、也很让我震惊的事，有那么一会儿，我觉得自己偶然邂逅了某种只能在晦暗的梦境中才能找到的欲望——但这种感觉并没有持续多久，那之后，我放松了下来，彻底地陶醉其中。

接下来的几个月里，我们都睡在一起，而我也终于找到了家的感觉。如果没有人依靠、没有固定的地方来停泊你的感情的话，沃本之家那种工作的性质就太让人沮丧了。太多的人来了又去，太多的生命和你擦肩而过，你刚跟一个人熟识起来，他却已经收拾好行李，准备离开了。然后又会有别的人来,睡在同一张床上,坐在同一张椅子上,走在同一块地面上,接着,那个人也该离开了,如此往复。与这一切形成对比的是,维多利亚和我相互陪伴——就像我们曾经说的那样,同甘共苦——尽管我们周围发生了种种变化,但这件事却始终没变。正是有了这条纽带,我才能心甘情愿地继续做事,而工作本身又反过来平复了我的情绪。后来发生了许多别的事,我们无法再像以前那样继续一起生活了。我之后会讲到这一点。但重要的是,没有任何真正的改变。那种纽带至今仍在,我彻底明白了维多利亚是一个多么了不起的人。

那是 12 月中旬的时候,正赶上第一场强冷空气入侵。虽然最终证明,那年冬天并不像前一年那样寒冷,但谁也没法未卜先知。寒冷一来,人们便想起了先前所有的可怕记忆,你都能感受到街上的恐慌情绪与日俱增,人们满心绝望地努力做着迎接严寒的准备。沃本之家外面的队伍比过去几个月里的任何时候都长,为了应对不断增加的人流,我不得不开始加班。就在我现在要讲的那天上午,我记得我快速地连着面试了十个还是十一个人,每个人都有可怕的故事要讲。其中一个——名字叫梅利莎·赖利,是一个大概六十岁的老妇人——情绪异常不稳定,竟然在我面前失声痛哭起来，抓住我的手，恳求我帮她找找她失踪的丈夫：自6月走失后，便杳无音讯。你觉得我能做什么呢？我说，我又不能擅离职守，和你跑到街上去找人，这里还有很多的工作等着我去做啊。然而，她还是继续哭天抹泪，而我则被她的执迷不悟搞得越来越火大。听着，我说，这城里又不是只有你一个女人没了丈夫。我丈夫也下落不明，时间不比你丈夫短，要我说的话，他和你丈夫估计都死了。可你见我又哭又闹、使劲揪头发了吗？这是我们都得面对的事情。我很讨厌自己喋喋不休地讲这些陈词滥调，讨厌自己这样粗暴地对待她，但她却歇斯底里、语无伦次，不停唠叨着赖利先生和他们的孩子，以及两人三十七年前的蜜月之旅，实在让我很难冷静思考。我管你怎么样，她最后对我说，你这种铁石心肠的婊子根本不配有丈夫，你就死盯着你这了不起的沃本之家吧。要是那位仁慈的医生听见你说的话，准会气得活过来。大概是这个意思，我不太记得她的原话了。然后，赖利夫人站起来，怒气冲冲地离开了。她一走，我便趴在桌上，闭上眼睛，想着我是不是太疲惫了，不能再见其他人了。这次面试简直是一场灾难，没控制住情绪是我的错，我没有任何借口，没有任何正当理由把自己的烦恼发泄到那个可怜女人身上，她明显已经难过得快疯了。然后，我估计是打了个盹儿，也许五分钟，也许只有一两秒钟——我说不准。我只知道，从那一刻到下一刻，从我闭上眼到再睁开，那中间似乎隔了无限的距离。我再抬起头时，只见萨姆坐在我对面的椅子上，准备参加接下来的面试。起初，我以为自己还在睡。他是你幻想出来的，我对自己说，你梦见自己醒着，但你的醒来其实也是梦的一部分。我对自己说：萨姆——但我马上明白了，他不可能是别人。他就是萨姆，但又不是萨姆。他是换了一个身体的萨姆，头发灰白，脸的一边有块瘀伤，黑乎乎的手指已经开裂，衣衫褴褛。他呆呆地坐在那里，眼神茫然——我觉得，他神情恍惚，完全失去了心智。我眼前的一切仿佛都在涌动，旋转，闪烁。这就是萨姆，但他没认出我，他不知道我是谁。我感到心怦怦直跳，有一刻，还以为自己快要晕过去了。然后，慢慢地，两行眼泪从萨姆的脸上滑落下来。他咬着下唇，下巴不住地颤抖。突然间，他浑身也开始颤抖，嘴里开始猛地吐气，原本压在心中的大哭此时正颤抖着要喷薄而出。他把脸转到一边，不再看我，试图控制自己，但他的身体却一直在抽搐，紧闭的嘴唇不停发出呼哧呼哧的喘气声。我从椅子上站起身，跌跌撞撞地走到桌子那边，紧紧抱住了他。我刚一碰到他，就听见揉皱的报纸在外套里沙沙作响。之后我哭了起来,根本停不下来。我用尽全力紧紧地抱着他,把脸埋在他的大衣中,止不住地流着眼泪。

那是一年多以前的事了。几周之后,萨姆的身体好了些,总算可以讲述自己的经历了,但即便是那时,他的故事也相当含混,满是矛盾和空白。一切似乎都混到了一起,他说,他已经分不清这件事和那件事,也理不清这一天和那一天了。他只记得等着我回家,坐在房间里,一直等到第二天早上六七点,终于决定出去找我。再回来时已是午夜,图书馆火光冲天。他站在围观人群中间,眼看着房顶塌了下去,我们的书和大楼里的其他东西一起烧成了灰烬。他说,他真的在脑海里看到了,他真的知道火焰涌入我们房间、吞噬掉那一页页手稿的确切时刻。

在那之后,一切对他而言都成了模糊一片。他口袋里有钱,身上有衣服,仅此而已。之后的两个月中,他除了找我几乎什么也没做——随便找地方睡觉,饿到不行了才吃点东西。就这样,他勉强撑了下来,但到夏末时,钱还是快花光了。但更糟糕的是,他说,他终于放弃了找我。他相信我已经死了,他实在受不了继续拿这种虚妄的希望折磨自己了。他躲到第欧根尼终点站——城市西北角的那座旧火车站——待在一个角落里，和那些流浪汉和疯子，那些漫无目的地徘徊在长廊和废弃的候车厅里的阴影般的人生活在一起。就像变成了某种动物，他说，某种进入了冬眠的地下生物。每个星期有一两次，他会给拾破烂的人做工，为他们搬运沉重的货物，以此换取微薄的收入，但大部分时间里他什么都不做，除非迫不得已，否则绝不动弹。"我放弃了自己，不再想成为什么人，"他说，"我生活的目标，就是把自己与周围的世界隔离开，活在一个再也没有东西可以伤害我的地方。我试着一一放弃了自己所留恋的东西、所关心的事物，从而使自己变得漠然，一种强大和崇高的漠然，它将保护我不再受伤。我告别了你，安娜；我告别了那本书；我告别了回家的念头。我甚至还试着告别了自己。渐渐地，我变得像佛陀一样淡泊平静，坐在我的角落里，不再理会周遭的世界。如果不是因为我的身体——胃肠偶尔会有排泄的需要——我可能就再也不会动了。我不停地对自己说，无所求，无所有，无所是。我再也想不出比这更完美的解决方案了。到最后，我活得就像块石头一样。"

我们让萨姆住进了二楼我曾经住过的那个房间。他当时的情况很不好，前十天可以说是命悬一线。我几乎把所有的时间都花在了陪他上，工作能少做就尽量少做，而维多利亚也没有反对。这就是我觉得她很了不起的地方。她不仅不反对，还特意鼓励我这样做。她对于情势的理解，对于我们一直过着的那种生活就这么突然而近乎残酷地结束了的平静接受，似乎有些不可思议。我一直以为她会逼着我摊牌，突然爆发出什么失望或者嫉妒的情绪，但这种事并没有发生。她听到消息后，第一反应是高兴——为我高兴，为萨姆还活着高兴——之后，她和我一起努力照顾他，帮他恢复健康。她蒙受了私人损失，但她也明白，萨姆的到来，对沃本之家而言是一种增益。想一想员工队伍里可以再多一个男人，尤其是萨姆这样的——既不像弗里克那样年迈，也不像威利那样鲁钝，损益足以相抵了。她的这种执念有些让人害怕。但对维多利亚而言，没有什么比沃本之家更重要——甚至我，甚至她自己，或者任何能想到的事，都没有它重要。我不想把事情说得太过简单，但随着时间的推移，我几乎开始觉得，她之所以允许我爱上她，就是为了让我康复起来。而现在，我既然已经好了，她的注意力便转移到了萨姆身上。沃本之家是她唯一的现实，你明白吧，到了最后关头，一切都要让位于它。

最终，萨姆搬到了四楼和我一起住。他慢慢长胖了些，浮现出过去的样貌，但对他来说，并非一切都能回到老样子——有些事，无论现在还是以后，都不可能再跟过去一样了。我指的不光是他的身体所经历过的磨难——过早变白的头发，脱落的牙齿，以及轻微但持续颤抖的双手——还包括他的内心。萨姆已经不再是那个和我一起生活在图书馆的傲慢青年了。他的经历改变了他，几乎磨去了他的锐气，现在的他，举手投足间似乎多了一分柔和，一分平静。他不时还会提到想重新开始写那本书，但我看得出来，他的心思早就不在这上面了。对他来说，那本书已经不再是某种解决办法，而一旦失去了那种执着，他似乎更能理解，那些发生在他身上的事也都发生在了我们所有人身上。他的体力恢复后，我们慢慢又习惯了彼此，但在我看来，我们的地位似乎比以前更加平等了。或许我在这几个月中也变了，但事实是，我觉得萨姆现在比当时更需要我，而我很喜欢这种被人需要的感觉，我对它的喜欢胜过了世界上任何其他的东西。

他大约是在 2 月初开始工作的。起初，我完全反对维多利亚为他安排的岗位。她是深思熟虑过才决定的，她说，最终，她认为，由萨姆来担任新医生对沃本之家来说最为有利。"你可能觉得这个想法很怪异,"她接着说,"但自从我父亲去世后,我们一直都在挣扎。这个地方已经失去了凝聚力,没有了目标感。我们只能为人们提供一段时间的食宿,仅此而已——这种最低限度的支持几乎帮不了任何人。过去人们过来是为了接近我父亲。就算他治不好他们的病,也能和他们说说话,听听他们的烦恼。这才是最重要的。只要有他在,人们就能感觉好一点。人们不仅获得了食物,更产生了希望。如果现在能再有个医生,或许我们就能让这里更接近它曾经拥有过的那种精神。"

"但是萨姆不是医生,"我说,"这是撒谎,如果你一上来就骗人,我实在想不出你怎么能帮助他们。"

"这不是撒谎,"维多利亚回答,"而是伪装。人们撒谎是出于自私,但具体到这件事上,我们自己得不到任何好处。这么做完全是为了别人,为了给他们一点希望。只要他们认为萨姆是医生,就会相信他的话。"

"但要有人发现了呢?那我们就全完了。没人会再相信我们——就算我们讲真话也不会有人信了。"

"不会有人发现的。萨姆不会露馅,因为他根本不用看病。而且就算他想看,我们也没有药给他开。几瓶阿司匹林,一两盒绷带,就剩这么多了。他自称是法尔医生,并不代表他真的要行医。他说话，人们听他说。仅此而已。只是一种让人们有机会找回自己力量的方法。"

"要是萨姆演不好怎么办？"

"那就演不好呗。不试试怎么知道呢，对吧？"

最后，萨姆同意照办。"我自己绝对想不到，"他说，"让我再活几百年也想不出来。安娜觉得这样行不通，从长远来看，我觉得她是对的。但谁知道事实上是不是真行不通呢？外面的人们正在死去，不管我们是给他们一碗汤喝还是拯救他们的灵魂，他们都会死掉。我实在看不出有什么办法能解决这个问题。如果维多利亚觉得有个假医生跟他们说说话能让他们好过一点，那我又有什么资格说她错了呢？我很怀疑这能有多大用处，但似乎也想不出什么坏处。至少是一种尝试吧，所以我愿意配合。"

我没有怪萨姆同意这件事，但还是生了维多利亚一段时间的气。看她煞费苦心地给自己的狂热行为找理由，非要争辩出个对错，我真是震惊极了。无论如何粉饰——谎言、伪装、达到目的的手段——我都觉得这个计划违背了她父亲的原则。我对沃本之家本来有过诸多疑虑，如果说有什么帮助我认可了这里，那就是维多利亚本人。她那坦率的态度、明晰的动机，以及我在她身上发现的那种严苛的道德——都为我树立了榜样,给了我继续向前的力量。可现在,突然间,她的内心似乎露出了一块我以前从未注意到的黑暗角落。我产生了幻灭感,有一段时间里,我真的很讨厌她,没想到她竟然和其他人没什么两样。但后来,我逐渐搞清楚情况后,气就消了。维多利亚向我隐瞒了真相,但事实是,沃本之家那时已经濒临破产了。让萨姆假扮医生,不过是想从灾难中再抢救出点什么而已,就像曲终后追加的一小段怪异的尾声。一切都结束了。只是我还被蒙在鼓里。

讽刺的是,萨姆的医生扮演得很成功。各种道具一应俱全——白大褂、黑色出诊包、听诊器、体温计——而且都被他用到了极致。毫无疑问,他看起来像个医生,但过了一段时间后,他的行为举止也开始像医生了。这就是其中不可思议的地方。起初,我很不情愿承认这种转变,不想承认维多利亚是对的,但最终,我不得不向事实屈服。人们对萨姆的反应很好。他的聆听方式,让他们有了一种倾吐的欲望,当他和他们坐在一起时,话就会从他们嘴里滔滔不绝地往外冒。他受过的新闻记者训练无疑对这一切有所帮助,但现在,他还被赋予了一种额外的尊严、一种仁慈的假象，而人们相信了这种假象，所以会向他讲述各种他前所未闻的事。就像一位告解神父，他说，他逐渐认识到，得以吐露隐衷其实对人们很有好处——倾诉，把他们的遭遇用语言讲出来的积极影响。我觉得完全进入医生这一角色的诱惑其实是很大的，但萨姆设法与之保持了距离。私下里，他会拿这些开玩笑，后来还给自己想了一堆新名字——善缪尔·法尔医生、夸金善姆医生、邦克医生*。不过我觉得，虽然他表面上会打趣，但这份工作对他的意义比他愿意承认的要大。假扮医生突然给了他接触别人内心想法的途径，而这些想法现在又成了他自己的一部分。他的内心世界因此变得更广阔、更坚实，更能吸收被放入其中的东西。"不用做自己蛮好的，"有一次，他这样告诉我，"要不是可以躲在那个人后面——那个穿着白大褂、满脸同情的人——我觉得我根本承受不了。那些故事会把我压垮。可现在，我有办法倾听它们，把它们放在该在的地方——就在我自己的故事旁，只要我还在听他们讲，就不必再成为那个自我。"

那年春天来得比较早，到 3 月中旬时，后院花园里的

---

* 原文分别为 Doctor Shamuel Farr、Doctor Quackingsham、Doctor Bunk，其中的 sham、quack、bunk 分别意为骗子、庸医、瞎话。

番红花就已经开了——黄色和紫色的茎从长满青草的边缘伸展出来，欣欣向荣的绿意混杂在一片片快要干掉的泥浆中。就连夜晚也很暖和，有时萨姆和我睡前还会在宅子里四处走走。在外面待一会儿的感觉真好，身后的窗户一片漆黑，星星在头顶上依稀闪烁。每次我们去散步时，我都觉得自己重新爱上了他，每次都在黑暗中为他倾倒，紧紧挽着他的胳膊，回想起当年的生活，回想起在那个"可怕的冬天"里，我们一起住在图书馆，每天夜里从那扇扇形的大窗户望出去时的情形。我们不再谈论未来。也没有制定计划，或者谈论回家的事。眼前的生活已经吞噬了我们，每天都有那么多工作要做，做完之后又是筋疲力尽，根本没空去思考其他事。这样的生活有一种诡异的平衡感，不过，这样并不见得就不好，有时候，我几乎很庆幸能这么活着，就这样随遇而安地活下去。

当然，这些事情不可能继续下去。正如鲍里斯·斯捷潘诺维奇所言，这只是一种幻象，没有什么能阻止改变的到来。到4月底时，我们都开始感觉到沃本之家的资金有些紧张了。最终，维多利亚招架不住，向我们吐露了实情，然后，各种必要的节约措施开始一项接一项地实行起来。最先取消的是周三下午的巡逻。我们认为把钱花在车上已经没有必要了。燃料那么贵,而且门外就有足够多的人在等着。维多利亚说,不必再出去找了。对于这一点,连弗里克都没提出异议。当天下午,我们到城里进行了最后一次巡逻——弗里克开车,威利坐在他旁边,萨姆和我坐在后排。我们沿着城市外围的林荫道慢慢行驶,偶尔开进这个或那个街区看看,感受着弗里克小心驶过沟渠坑洞时汽车的颠簸。我们都没怎么说话,只是看着车窗外的风景不停地闪过。我想,对于以后再也没有巡逻,大家心中都有一丝敬畏感,这就是最后一次了。很快,我们似乎都没再找什么人了,就那么坐在座位上,感受着开车绕圈子的那种怪异的绝望感。回去后,弗里克把车停在车库里,锁上了门。我觉得,自那之后,他便再也没打开过那扇门。因为有一次,我们一起在花园里时,他指着对面的车库,咧开嘴,露着光秃秃的牙床,哈哈大笑起来。"你看都没了,"他说,"说再见,然后就忘记。现在脑子里的一道光。嗖的一下,你看,就走了。全都一闪而过,然后就忘记。"

接下来砍掉的是衣服——以前都是免费发放给居民的,比如衬衫、鞋子、夹克、毛衣、裤子、帽子、旧手套。这些都是鲍里斯·斯捷潘诺维奇从第四普查区的一个供货商那里集中采购的,但那个人现在已经不干了。事实上,他早就被一群暴徒和复活代理人联合逼破产了,所以这项服务就没法延续了。就算之前境况还好的时候,购买衣服的费用也占了沃本之家百分之三四十的预算。而现在,艰难时刻终于来临,我们别无选择,只能把这笔费用从账簿里划掉。不是部分削减,也不是逐步减少——而是全部砍掉。维多利亚发起了一项被她称为"尽心修补"的运动,囤积各种缝纫用具——针线、补丁、顶针、缝补球等等,尽可能地把人们到沃本之家时穿的衣服缝补好。这么做的目的是尽量把钱省下来买食物,鉴于这才是重中之重,是对居民最有利的事,所以我们都认为这么做很对。不过,随着五楼的房间越来越空,钱越来越少,我们连食物都供应不起了。各项食品被逐一取消——糖、盐、黄油、水果,以及我们留给自己的一点点口粮、偶尔喝的一杯牛奶。维多利亚每宣布一项节约措施,玛吉·瓦因就会大闹一场——像个发狂的小丑在演哑剧一样,泪如雨下,拿头撞墙,还用胳膊拍打双腿,仿佛在说她要飞走一样。可问题是,我们其他人的日子也不好过。习惯了有饱饭吃之后再饿肚子,对我们的身体造成了痛苦的打击。我不得不重新思考这一整个问题——饥饿意味着什么,如何把食物的概念同快乐的概念剥离开来,如何接受你能得到的那些,而不去渴望更多。到仲夏时，我们的食物只剩下一些谷物、淀粉和根茎类蔬菜——芜菁、甜菜、胡萝卜了。我们试过在花园里种菜，但种子稀缺，最终我们只种出了几棵莴苣。玛吉使尽浑身解数，有什么食材就凑合做，煮了好多稀汤，或者怒气冲冲地把豆子和面条混在一起，或者在飞扬升腾的白面中鼓捣出点汤团来——稀糊糊的面球，吃得直叫人犯恶心。与以前吃的东西相比，这些真是太糟糕了，不过好歹让我们活了下来。其实，最残酷的并不是饭菜质量下降，而是我们都知道情况只会越来越糟。渐渐地，沃本之家和城市其他地方的区别越来越小。我们被城市一点点地吞噬了，但没人知道该如何阻止。

然后，玛吉失踪了。有一天，她突然就不见了，我们找不到任何可以告诉我们她去了哪里的线索。她一定是趁我们其他人在楼上睡觉的时候溜走了，但这又不能解释她为什么没有带走她的身家细软。如果她是有意逃跑，提前收拾好行装才是符合常理的行为。威利在附近找了两三天，但是没有发现她的任何踪迹。他又向别人打听，可那些人也没见过她。之后，威利和我接过了厨房的事。但就在我们刚刚开始习惯这项工作时，别的事又发生了——在毫无征兆的情况下，威利的爷爷突然去世了。我们试着自我安慰，说弗里克本来就年事已高——都快八十了，维多利亚说——但并没有什么用。10月初的一天晚上，他死在了睡梦中，尸体是威利发现的：早上醒来后，他看到爷爷还躺在床上，便过去想把他推醒，却惊恐地看到老人的尸体滚到了地上。当然，弗里克的死对威利的打击最大，但我们其他人也各有各的痛苦。听闻死讯后，萨姆流下了伤心的泪水，而鲍里斯·斯捷潘诺维奇则有四个小时没同任何人说话，估计对他来说都可以算是个人最高沉默纪录了。维多利亚表面上没有太大反应，之后却做了一件很草率的事，不过我明白，那是因为她已经快彻底绝望了。法律规定死者不得私埋。所有尸体都必须送到转化中心，违规者将受到最严厉的处罚：接到传票后，立即缴纳二百五十格拉特的罚款，否则将被直接流放到西南部的某个劳改营。尽管如此，在得知弗里克死亡的不到一个小时后，维多利亚便宣布，她打算当天下午在花园里为他举行一场葬礼。萨姆苦口婆心地劝她，但维多利亚就是不听。"没人会知道的，"她说，"就算真被警察发现了也无所谓。该怎么做就得怎么做。要是让一条愚蠢的法律妨碍我们，那我们还算什么？"这种行为是鲁莽而不计后果的，但在内心深处，我觉得她这么做是为了威利。这个男孩的智力低于正常水平，都十七岁了，还依然困在一种对周围世界几乎毫无理解的自我挣扎中。一直以来，都是弗里克在照顾他，替他思考，甚至可以说扶着他走过了人生的每一步。爷爷骤然离世后，没有人知道他接下来会怎样。威利现在需要我们的表态——明确无误地告诉他，我们会忠诚于他，向他证明，无论以后发生什么，我们都会与他一起面对。举行葬礼的风险无疑是巨大的，但即便考虑到后来发生的事，我也不认为维多利亚冒这个险是错的。

葬礼开始前，威利去车库里把车喇叭拆了下来，又花了大半个小时把它擦得干干净净——类似你以前在儿童自行车上看到的那种老式喇叭，但体积更大、更引人注目，喇叭口是黄铜做的，后面黑色的气囊几乎跟葡萄柚一样大。然后，他和萨姆在山楂树丛旁边挖了一个坑。六位居民把弗里克的尸体从房里抬到了墓旁边，在他们缓缓将其放到墓里时，威利把那个喇叭搁在了爷爷的胸口，以确保它会和爷爷埋在一起。接着，鲍里斯·斯捷潘诺维奇朗诵了他专门为葬礼写的一首短诗。然后，萨姆和威利用铁锹把泥土填回了坑里。即使往好了说，整个仪式也很简陋——没有祷告，没有挽歌——但仅仅是这么做便已非同小可。大家都出席了葬礼——所有的居民，所有的工作人员——到结束时，大部分人已是满眼泪花。我们在坟墓上放了一块小石头作为标记，然后回到了宅子里。

那之后，在威利的事情上，我们都多上了点儿心。维多利亚给他委派了一些新任务，甚至允许他在我进行面试的时候端着步枪在大厅外站岗，而萨姆也对他很是照顾——教他怎么正确剃须，怎么写自己的全名，怎么做加减运算。在这样的关照下，威利的状态大有起色。要不是因为后来的无妄之灾，我相信他一定可以好起来。但是，在弗里克下葬大约两周后，中央巡警队的一名警察登门造访了我们。他的外表看起来很可笑，脸又胖又红，身上穿着那种最近才给中央巡警队配备的新制服——鲜红的束腰外套、白色的马裤、黑色的漆皮长靴，以及配套的平顶警帽。这套荒唐的服装他穿着有点紧，所以一动就嘎吱作响，而且因为他还非要挺着胸，我老担心他会把扣子崩出去。我去应门时，他的鞋跟一对磕，向我敬了个礼，要不是因为他肩膀上挎着一挺机关枪，我很可能会请他离开。"这是维多利亚·沃本家吗？"他问。"是的，"我说，"但还住着别人。""请让开，小姐，"他一边回答一边推开我，直奔大厅而去，"调查马上开始。"

细节我就不赘述了。拣重要的说就是，有人向警方举报了葬礼,他们现在来查证了。举报者肯定是某个居民,但是面对如此骇人的背叛行为,我们谁都没有勇气去查清楚他到底是谁。无疑是参加了葬礼的某个人,在留住期满之后,被迫离开沃本之家回到了街上,于是便心生怨恨,去报了警。这么推测虽然合理,但已经不重要了。不管是警察花钱向这个人买来的信息,还是他确实心怀恶意,无论如何,这条信息都准确得要命。那位巡警大摇大摆地走到后花园,身后还跟着两名助手,他扫了几眼后,用手指了指挖过坟墓的那个地方。两名助手要来铁锹,马上开始工作,搜寻那具他们早已知道埋在那里的尸体。"简直罪大恶极,"那个警察说,"这都什么时候了还进行土葬,是有多自私——胆子也太大了。没有尸体可烧的话,我们很快就得完蛋,绝不是危言耸听,我们大部分人都得遭殃。我们的燃料从哪里来?我们自己还怎么活下去?国家现在正面临危局,我们都要提高警惕。一具尸体都不能放过,违反这条法律的人绝不会被姑息。他们是最邪恶的坏人,是背信弃义的奸人,是叛徒人渣,必须被铲除,必须处以严惩。"

到这时,大家都已经来到了花园,围在坟墓旁边。这个喋喋不休的白痴则继续在一旁大放厥词。维多利亚面色煞白，要不是我扶着她，我估计她可能会瘫倒在地。在那个越挖越大的洞对面，萨姆紧紧盯着威利。那孩子泪流满面，看到巡警的助手把土铲起来，漫不经心地扬进灌木丛里后，他开始惊恐地哭喊起来："那是爷爷的土。你们不能把它扔了。那土是爷爷的。"他的声音越来越大，搞得那个巡警讲到一半后，不得不暂时停止他的长篇大论。他盯着威利，脸上一副蔑视的神情，但就在他举起胳膊，伸向机关枪的方向时，萨姆用手捂住了威利的嘴，拖着他往屋里走——费力想控制住他，但那孩子却扭来扭去，从草坪这头一直踢腾到了那头。与此同时，有几个居民已经跪倒在地，恳求巡警相信他们的清白。他们对这项令人发指的罪行一无所知；他们当时并未在场；如果他们得知了这里的罪恶行径，绝不可能同意住在这里；他们全都是被关押在这里的囚犯。一句接一句令人作呕的口供，一场大规模懦夫症的爆发。我恶心得想啐他们。有个老女人——名字叫比拉·斯坦斯基——竟然还抱着那个巡警的靴子，开始亲吻。他试图把她甩开，但她就是不肯松手，于是他便提起另一只脚，冲她的肚子踢了过去，把她踢趴在地上——她像一条挨了打的狗一样呜咽呻吟着。我们其他人很走运，因为鲍里斯·斯捷潘诺维奇正巧在这个时候出现了。他打开宅子后面的落地窗，小心翼翼地走过草坪，踱着步子来到了一片混乱的现场，脸上挂着一种平静到近乎茫然的表情，仿佛这样的场景他已经见识过一百遍，什么都不可能再让他受惊吓——警察不能，枪不能，什么都不能。他走到我们身边时，那些人正在把尸体从坑里往外拖，可怜的弗里克平摊在草地上，眼睛已经没了，脸上挂满了泥土，一堆白蛆正在他的嘴里扭动。鲍里斯连看都没看他一眼，而是径直走到那位身穿红色制服的巡警跟前，唤了他一声"将军"，然后把他拉到了一边。我没听到他们说什么，但是能看到他们说话时，鲍里斯一直咧着嘴笑，眉毛还抖来抖去的。后来，他从口袋里拿出一沓钱，又把钱一张接一张地抽出来，塞在了巡警的手里。我不知道这是什么意思——是鲍里斯在交罚款，还是两人达成了某种私了的协议——但这笔买卖就是这样：既短又快，一手交钱，一手办事。助理抬着弗里克的尸体走过草坪，穿过宅子，来到大门外，然后把它扔进了街上停着的那辆卡车的车斗里。巡警站在台阶上，又大声训斥了我们一次——口气严厉，重复了一遍他在花园里说过的那番话——然后，他最后一次敬了个礼，鞋跟咔嗒一磕，下了台阶朝卡车走去，还甩着手，驱赶着那些脏兮兮的围观群众。他和手下的车一开走，我就转身跑回花园去找那个汽车喇叭。我想把它重新擦干净交给威利，但我没找到。我甚至还跳进那个墓坑里找过，但它也不在里面。和之前的很多东西一样，那个喇叭也消失得无影无踪了。

我们的脑袋暂时保住了。不管怎样，没有人会进监狱。但是，鲍里斯被迫塞给那个巡警的钱基本上耗尽了我们的资金储备。弗里克被掘尸的三天之后，我们卖掉了五楼的最后一批东西：一把镀金的拆信刀、一张桃花心木的茶几、窗上挂着的蓝色天鹅绒窗帘。之后，我们卖掉楼下书斋里的书，又凑了一些钱——两架子狄更斯，五套莎士比亚（其中一套是三十八卷的袖珍版，跟手掌一般大），一本简·奥斯汀，一本叔本华，一本插图版的《堂吉诃德》——但当时图书市场滞销严重，这些书只能换来一点零钱。从那时起，鲍里斯便一直在接济我们。但是，他囤积的物品并非取之不尽，而我们也没有自欺欺人地觉得这能维持多长时间。我们估计顶多能撑三四个月。但随着冬天的再次到来，我们明白，实际上可能会比这还短。

明智的做法是立即关闭沃本之家。我们也试图说服维多利亚，但她却很难迈出这一步，在接下来的几个星期中一直摇摆不定。但接着，就在鲍里斯似乎快要说服她时，有人却把决定权从她手中、从我们所有人的手中夺走了。我指的是威利。回头看来，事情最终以那种方式结束似乎是无可避免的，但如果我说我们中有谁预料到了那个结果的话，绝对是在骗你。我们都在忙着各自手头的工作，那件事后来发生时，简直就像晴天霹雳，就像来自地下深处的爆炸。

弗里克的尸体被抬走后，威利完全变了个样。他还会继续干活，但总是默不作声，总是一个人，眼神茫然，问他什么都只是耸耸肩。而且你一靠近他，他的眼中就会露出充满敌意和愤恨的目光，有一次，他甚至把我的手从他的肩膀上甩了下去，仿佛我要再这么做的话，他就要打我了一样。我们每天都一起在厨房工作，所以我和他待着的时间可能比任何人都多。我在尽力帮他，但我觉得他根本听不进去我说的任何话。你爷爷现在很好，威利，我说，他现在在天堂里，他的肉体发生了什么并不重要。他的灵魂还活着，他不希望你这么担心他。没有什么能伤害到他了。他现在很开心，希望你也能快乐。我觉得自己就像一位家长，正试着向一个小孩子解释什么是死亡，言不由衷地重复着从我父母那里听来的那堆虚伪的废话。但是，我说什么都不重要了，因为威利根本不信。他就像一个来自史前的人，对死亡唯一的反应就是祭拜逝去的先人，把他当作一个神来对待。维多利亚本能地意识到了这一点。对威利而言，弗里克的墓地就是一片圣地。而现在，那片圣地却被亵渎了。万物的秩序已经被打破，不管我说多少话，都不可能让它恢复原样。

他开始在晚饭后外出，经常过了凌晨两三点才回来。我们根本不可能知道他在街上做了什么，因为他从来不说，而且问了也是白问。一天早上，他干脆没有露面。我以为他或许永远离开了，但午饭的时间刚过，他又一言不发地走进厨房开始切菜，简直像是在故意摆出那副高傲的样子来激我似的。那时已近11月末，而威利已经进入了自己的运行轨道，像一颗漫无目的、轨迹飘忽的恒星。我也不再指望他会做自己分内的工作了。他要是在，我就让他帮忙；要是不在，我就自己做。有一次，他在外面跑了两天才回来；另一次是三天。他不在的时间越来越长，让我们产生了一种他似乎正在从我们身边慢慢消失的错觉。我们想，迟早有一天，他会永远消失，就像玛吉·瓦因那样。我们当时有太多的事要做，光是艰难地不让这艘正在下沉的船沉下去就已经够累人的了，所以威利不在的时候，大家也很少会想到他。接下来的一次，他过了六天还没回来，我想那时我们都觉得以后再也不会见到他了。但接着,在12月第一个星期的某天深夜里,楼下的房间突然传来了吓人的乒乒乓乓声,把我们都惊醒了。我的第一反应是外面排队的那些人闯进了宅子里,但就在萨姆跳下床、抓起那杆我们放在房间里的猎枪时,楼下传来了机关枪扫射的声音,密集的子弹飞出枪膛,弹壳噼噼啪啪地落在地上,然后是更多的枪声。我听到人们在尖叫,感受到人们的脚步震得房子乱颤,听到机关枪向墙壁、窗户和破碎的地板扫射。我点了一根蜡烛,跟随萨姆来到楼梯口,满以为会看到那个巡警或者他的手下,也做好了被打成筛子的准备。这时,维多利亚从我们身旁飞奔而过,跑到了楼下。根据我的观察,她并没有携带武器。当然,下面的人不是巡警,但我毫不怀疑那顶机关枪是他的。威利正站在二楼的平台上,手里握着武器,准备上来找我们。我的蜡烛离他太远,所以我看不清他的表情,但他发现维多利亚正跑向他时,我看到他迟疑了一下。"够了,威利,"她说,"把枪放下。马上把枪放下。"我不清楚他是不是打算向她开枪,但事实是,他没有放下枪。萨姆这时已经站到了维多利亚身旁,在她说完这些话后,他立即扣动了猎枪的扳机。霰弹打在威利的胸膛上,他突然向后飞去,顺着楼梯滚落到了地板上。

我觉得他还没滚到下面就已经死了，甚至可以说，在他意识到自己被击中前就已经死了。

那是六七个星期前的事了。当时正住在这里的十八位居民中，有七人死亡，五人逃脱，三人受伤，三人安然无恙。前一晚还为我们表演过扑克牌魔术的新人夏先生不幸中枪，于次日上午十一点死亡。罗森博格先生和鲁德尼基太太后来都康复了。我们照料了他们一个多星期，等到他们强壮到能下地走路后便把他们送走了。他们是沃本之家的最后一批居民。枪击发生后的第二天早上，萨姆制作了一个牌子，挂在了前门上：**沃本之家已关闭**。外面的那些人没有马上离开，但接着，天气越来越冷，日子一天天过去，门还是没开，他们也便四散了。从那以后，我们一直躲在宅子里，盘算下一步该怎么办，希望能再熬过一个冬天。萨姆和鲍里斯每天都会去车库鼓捣一会儿，测试那辆车，以确保它运转正常。我们的计划是天气一转暖就开车离开。连维多利亚都说她愿意走，不过我不确定她讲的是不是真心话。我想，到时候就知道了。根据过去七十二小时的天气状况推算，我觉得我们不用等太久。

我们尽了最大的努力去处理那些尸体，清理伤口，擦除血迹。但除此以外，我什么都不想说了。我们弄完时，已经是第二天下午了。萨姆和我想上楼睡一会儿，但我怎么都睡不着。萨姆倒是几乎倒头就睡了，所以我不想打扰他，便下了床，走到房间的一角，在地板上坐了下来。我的那个旧包碰巧在那里放着，我便拿起来随意翻了翻。然后，我找到了先前买给伊莎贝尔的蓝色笔记本。好几页上还写满了她的信息，就是她临死前几天写给我的字条。大部分字句都很简单——"谢谢""水"或"我亲爱的安娜"——但当我看到纸页上那些笔迹虚弱的大字，想到她有多么努力想把那些字写清楚时，这些简单的字条似乎就不再那么简单了。千头万绪一齐涌上了我的心头。我甚至都没有停下来想想，便轻轻把那几页撕了下来，叠成了一个整整齐齐的方块，放回了包里。然后，我从那些很久以前在甘比诺先生那里买来的铅笔中抽出一支，将笔记本摊在腿上，开始写这封信。

从那以后，我一直都在写，每天都会比前一天多写几页，我想把一切都写下来给你。有时，我会好奇我遗漏了多少、忘掉了多少，而且再也不会想起来了，但这些问题我都回答不了。现在时间已经不多了，我可不能再想到什么就写什么了。刚开始的时候，我觉得用不了多长时间——

几天就够了,告诉你那些最紧要的信息就行了。可现在,整个笔记本都快写满了,而我连冰山一角都没讲完。这也是为什么我的字会越写越小。我一直想把所有东西都塞进来,趁还不算晚,赶紧把要讲的都讲完,但我现在才意识到这是在自欺欺人。词语不允许这样的事发生。你越接近终点,要说的就越多。终点只是一种想象,一个你为了让自己不断前进而臆造出来的目的地,但终有一天你会认识到,自己永远不可能抵达那里。你或许不得不停下来,但那只是因为你已经把时间用光了。停下来,并不意味着你已经走到了终点。

字越来越小了,小到可能已经看不清了。这让我想起了费迪南德和他的船,他那微型的大帆船和纵帆船舰队。天知道我为什么会坚持下来。我觉得这封信无论如何都到不了你的手里。这就好比冲着一片空白大喊,就像冲着一片无边无际的可怕空白尖叫。然而,当我允许自己产生片刻的乐观时,又担心它要是真的到了你手里会发生什么。你会对我写的东西感到震惊,你会担心得要命,然后你会犯下我犯过的那些愚蠢错误。什么都不要做,我求你了。我很了解你,所以明白你肯定会做点什么。如果你还爱我的话,就请不要让自己卷入这个陷阱。一想到要为你担心,想到你可能会在这里的街上游荡，我就受不了。我们中有一个人迷失就已经够了。重要的是你要待在你所在的地方，继续在我的脑海中守护我。我在这里，你在那里。这是我仅有的慰藉了，你千万不要做什么傻事破坏它。

但话说回来，就算这个笔记本能交到你手上，你也不一定非要读它。你对我没有任何义务，我也不想逼你做任何你不愿做的事。有时候，我甚至希望事情会是这样——你根本没有勇气打开看。我明白其中的矛盾，但有时候我就是这种感觉。如果是那样的话，那么对你而言，我现在写给你的这些早已消失了。你的眼睛永远不会看到它们，你的脑子永远不会被我说的哪怕只言片语所烦扰。这样或许更好。不过，我也不希望你把这封信毁掉或扔掉。如果你选择不看，也许可以转交给我的父母。我觉得他们肯定会想要这个笔记本，虽然他们自己也可能没有勇气看。他们可以把本子放在我房间的某个地方。要是能知道它最终会放在那个房间里，我想我会很开心的。比如，可以放在我床头的书架上，跟我那些旧娃娃和七岁时穿过的芭蕾舞演出服放在一起——算是对我最后的一份纪念吧。

我现在已经不怎么出门了。只有轮到我去买东西的时候才会出去，但就算是那样，萨姆也通常会主动替我去。我现在已经不习惯上街了，走远路对我来说很痛苦。我觉得问题在于平衡感。今年冬天，我的头又痛得很厉害，只要走上五十或者一百码，身体就开始摇晃。每次我迈步时，都以为自己要摔倒了。待在室内，我会好受些。饭大部分还是我来做，不过做了那么多次二三十人的大锅饭之后，给四个人做饭简直是小菜一碟。更何况，我们吃得并不多。只要能止住饿就行，很少会多吃。我们正在努力为出行攒钱，所以绝不能偏离现在的饮食模式。今年冬天比较冷，几乎和那个可怕的冬天一样，好在没有一直刮大风、下大雪。为了取暖，我们在宅子这里拆点，那里拆点，扔进了炉子里。这是维多利亚的提议，但我说不清这意味着她是在向前看呢，还是已经什么都不在乎了。栏杆、门框、隔板都被我们拆了，刚开始，这还给人一种肆无忌惮的快感——把房子劈成柴烧——可现在已经变成了一种阴森可怕的东西。大部分房间都已经被拆光了，我们就像住在一间废弃的巴士停车场里，一幢已确定要拆迁的残破建筑里。

过去的两个星期里，萨姆几乎每天都会绕城市边缘走一遭，沿着护城墙打探情况，仔细观察是不是有部队集结。时机成熟之后，这样的情报将带来天壤之别。现在看来，小提琴手护城墙似乎是最合理的选择。它是城市最西边的关卡，出去之后有一条直接通往旷野的路。不过，南边的千禧门也让我们很心动。有人告诉我们，千禧门外的车流要多一些，但大门本身把守得并不严。到目前为止，我们唯一排除的选择是北边。据说那片地区现在危险重重、动荡不安，而且这段时间以来，还一直盛传那里被入侵了，外国军队正在森林里集结待命，等雪一化就会向城市发起袭击。当然，我们以前也听说过这些传言，所以也不知道该不该信。鲍里斯·斯捷潘诺维奇已经买通了一位官员，拿到了我们的通行证，但他还是会每天花几个小时，到城中心的市政府大楼附近转悠，希望能收集到一点或许会对我们有用的信息。能拿到通行证确实算我们走运，但这并不意味着它们一定管用。万一是伪造的，我们一把证件交给出城监理就会被抓起来。但就算不是伪造证件，他也可能无缘无故地将其没收，然后告诉我们转身回去。这种情况并非闻所未闻，而我们必须做好应对每种意外的准备。因此，鲍里斯才会继续四处打探消息，但是他听来的情报都乱七八糟、互相矛盾，没什么实际价值。他觉得，这就意味着现任政府很快就会失势。如果真是这样，我们或许可以趁乱离开。但到目前为止，一切都不明朗，一切都是未知数，所以我们就只能继续等待。与此同时，那辆停在车库里的车已经被我们的行李箱和九桶备用燃料塞得满满当当的了。

　　大约一个月前，鲍里斯搬来和我们一起住了。他比以前瘦了不少，时不时地，我还可以在他脸上察觉到一丝憔悴，好像得了什么病似的。不过他从没抱怨过，所以我不知道他到底出了什么问题。从身体状况看，他无疑失去了一些活力，但我认为他的精神并未受到影响，即使有也不是很明显。近来，他的主要执念是想搞清楚我们离开这座城市后该怎么办。几乎每天早上，他都会拿出一份新计划，而且一份比一份荒唐。最近那份可算是最荒唐的了，但我觉得他暗自倾心的正是这个。他想让我们四个人组成一个魔术团。他说我们可以开着车去乡下巡回演出，用表演节目来换取食宿。他会担任魔术师，这是当然，穿着黑色燕尾服，戴着一顶丝质的黑色大礼帽。萨姆负责招徕观众，维多利亚当经理。我呢，将会是魔术师的助手——穿着亮晶晶的紧身衣，到处蹦蹦跳跳的性感女郎。在表演期间，我要给魔术师递上各种用具，在收官的高潮中，我会爬进木箱里，被锯成两半。然后，经过一段漫长到令人疯狂的停顿，就在观众觉得所有希望都已经消失的那一刻，我会从箱子里走出来,四肢完好无损,欢欣鼓舞地挥着手向人群飞吻,脸上挂着灿烂而夸张的笑容。

考虑到我们以后将要面对的事,幻想一下这些荒唐事还挺让人开心的。雪看起来很快就要化了,甚至明天早上我们就有可能动身。我们在睡觉前都说好了:要是明天天气看起来不错,那我们就不再废话,立即出发。这时已是深夜,风正透过缝隙往屋里钻。其他人都已经睡着了,我则在楼下的厨房里坐着,想象着接下来我会怎样。但我想不出来。我根本无法想象出去后我们会怎样。一切皆有可能,但这跟一切都不可能也差不多,几乎等同于在一个从未存在过的世界里出生。也许离开这座城市后,我们会找到威廉,但我尽量不让自己奢望太多。我现在唯一要做的就是再多活一天。我是安娜·布卢姆,你在另一个世界的老朋友。等我们到了要去的地方之后,我会试着再给你写信的,我保证。

IN THE COUNTRY OF LAST THINGS BY PAUL AUSTER
Copyright © 1987 PAUL AUSTER
This edition arranged with CAROL MANN AGENCY
Through BIG APPLE AGENCY, INC., LABUAN, MALAYSIA.
Simplified Chinese edition copyright
© 2019 Beijing Imaginist Time Culture Co., Ltd.
All rights reserved.

图书在版编目(CIP)数据

末世之城 /（美）保罗·奥斯特著；李鹏程译．
-- 北京：九州出版社，2018.11
ISBN 978-7-5108-7671-4

Ⅰ．①末… Ⅱ．①保… ②李… Ⅲ．①长篇小说—美国—现代 Ⅳ．① I712.45

中国版本图书馆 CIP 数据核字 (2018) 第 269147 号

末世之城

作　　者	（美）保罗·奥斯特 著；李鹏程 译
出版发行	九州出版社
地　　址	北京市西城区阜外大街甲35号（100037）
发行电话	（010）68992190/3/5/6
网　　址	www.jiuzhoupress.com
电子信箱	jiuzhou@jiuzhoupress.com
印　　刷	山东鸿君杰文化发展有限公司
开　　本	1168mm×850mm 1/32
印　　张	6.75
字　　数	119千
版　　次	2019年1月第1版
印　　次	2019年1月第1次印刷
书　　号	ISBN 978-7-5108-7671-4
定　　价	46.00元

★ 版权所有　侵权必究 ★